Nelly Arcan

Puta

Nelly Arcan

tradução
Cassiana Stephan
revisão crítica
Priscila Piazentini Vieira

Puta

7 **Era uma vez *Puta* no Brasil**
Apresentação à edição brasileira

15 **Puta**

149 **Nelly Arcan, escritora**
Posfácio

Era uma vez *Puta* no Brasil

Apresentação à edição brasileira
Cassiana Stephan[*]

[*] Doutora em Filosofia, na linha de Ética e Política, pela Universidade Federal do Paraná.

Como apresentar o livro *Puta* de Nelly Arcan, até então desconhecido pela grande maioria do público brasileiro? Talvez eu deva começar pelo começo e simplesmente contar como a obra e a autora atravessaram o Oceano Atlântico, acompanhando-me na bagagem de mão desde Saint-Germain-la-Blanche-Herbe até a cidade de Curitiba. Entre junho e agosto de 2019, residi na Abbaye d'Ardenne por ter sido laureada com a primeira bolsa do Centre Michel Foucault (CMF) em parceria com o Institut Mémoires de l'Édition Contemporaine (IMEC). Como podem perceber, o meu *background* é foucaultiano e, mais especificamente, filosófico. Isso significa que não sou crítica literária e que não conheço a fundo a literatura de Nelly Arcan – para ser honesta, até o exato momento em que encontrei Lilas Bass no IMEC, eu não fazia ideia da existência da escritora de *Putain*.

Lilas Bass é escritora e doutoranda em ciências sociais na École des hautes études en sciences sociales (EHESS) e foi ela quem me apresentou Arcan. No ínterim de nossas conversas na Abbaye d'Ardenne, disse a Lilas que tenho interesse pela literatura de mulheres e pela problematização das subjetividades femininas no que se refere à tematização filosófica do amor. Então foi assim, de repente, que Lilas e eu começamos a conversar sobre Foucault, Butler, Duras e Arcan.

Arcan apareceu justamente quando discutíamos aspectos polêmicos em torno da constituição das subjetividades femininas. Mais precisamente, Lilas me apresenta a Arcan durante uma conversa sobre a ambivalência, isto é, conversávamos sobre a oscilação dos humores melancólicos que, variando entre o ódio e o amor, acabam por nos identificar a certas mulheres e, ao mesmo tempo, nos *des-identificar* de outras.[1] Além disso, também falávamos da estreita relação, no que diz respeito à matriz heteronormativa do amor moderno, entre a mãe, a esposa, a filha e a puta, as quais são

---

1 Sobre os processos de identificação e *des-identificação* do si, que constituem nossa própria ambivalência, ver Judith Butler, *The Force of Nonviolence: An Ethico-Political Bind.* New York: Verso, 2020, p. 178.

reduzidas, enquanto objetos de desejo daqueles que *têm* o Falo, à fórmula psicanalítica *Girl = Phallus*.[2]

Do peso da urgência dos temas que livremente abordávamos em nossas falas surge a necessidade de traduzir Nelly Arcan no Brasil e de fazer valer as trocas cosmopolíticas que nos permitem conhecer outras pensadoras e outros pensamentos. Tais trocas também justificam o trabalho de tradução, esforço cujo objetivo é deslocar e redimensionar uma conversa já começada. Dito de outra forma, trata-se de contribuir para sua perpetuação através de sua recontextualização temporal, espacial e temática.

Puta chega ao Brasil e imediatamente o apresento a Priscila Vieira, historiadora foucaultiana que se interessa pelas problematizações feministas da prostituição e que ficou fascinada pela obra de Arcan. Com Priscila, escrevi o projeto que apresentou *Putain* às editoras brasileiras n-1 e crocodilo, que rapidamente demonstraram grande interesse pela autora. Sabíamos que as duas casas de edição acolheriam da melhor forma possível a literatura de Arcan. A editora n-1 possui vasto catálogo filosófico e literário que passa, para citar apenas alguns nomes, por Michel Foucault, Judith Butler, Paul B. Preciado, Toni Negri, Virginie Despentes, Deleuze, Guattari e Nietzsche. Já a jovem e potente editora crocodilo conta com a publicação de livros muito importantes para os estudos feministas: refiro-me, pois, a *Corpos que importam*, de Judith Butler, a *Autodefesa: uma filosofia da violência*, de Elsa Dorlin, e à coletânea *Ultraviolência Queer*, organizada pelo coletivo Bash Back! dos Estados Unidos. No Brasil, *Puta* surge em 2021 pelas mãos editorias da crocodilo em parceria com a n-1: isto significa que Arcan é recepcionada no país por um corpo editorial que compreende a força de seu trabalho literário.

Com efeito, Priscila e eu não queríamos relegar Nelly Arcan a um mercado editorial que ofuscasse sua potência literária em nome da publicização de sua vida de prostituta.

---

2   Para a referida fórmula, com a qual Nelly Arcan constantemente dialoga em *Puta*, ver Jacques Lacan, *Seminário 8: A Transferência*, trad. Dulce Duque Estrada. Rio de Janeiro: Zahar, 2010, p. 471.

Estamos interessadas em saber o que Arcan tem a nos dizer como escritora e como crítica do presente. No artigo "La *Putain* des éditions du Seuil: Nelly Arcan dans le champ littéraire français", Lilas Bass explica que a imprensa francesa, ao recepcionar o livro, envelopou quase completamente o discurso da autora:

> quando comparamos a imprensa relativa a *Putain* com a imprensa que trata de escritoras como Catherine Millet, Catherine Breillat e Virginie Despentes, é significativo constatar até que ponto o discurso da autora está ausente – embora incessantemente se fale de sua experiência, de seu testemunho e de sua voz. [...] Então, parece que a imprensa prefere falar dela em vez de propriamente escutá-la. [...] Nelly Arcan e sua primeira obra (mas também as seguintes) respondem uma à outra, fazem eco e propõem um verdadeiro caso daquilo que denunciam, a saber, "o alcance dos discursos patriarcais [...]". À imagem do "corpo e da consciência subjetiva das mulheres arcanianas", Nelly Arcan se transforma em um "território ocupado, colonizado por estes discursos".[3]

Puta é um canto melancólico que mescla amor e ódio, revolta e submissão. Esse canto é um "amargo diagnóstico da sociedade", diagnóstico que nos mostra que "as identidades demasiado fixas – um feminino e um masculino rigidamente definidos e rigorosamente opostos – constrangem, ferem, matam".[4] Tendo isso em mente, Priscila e eu começamos a ler juntas Nelly Arcan

---

3 Lilas Bass, "La *Putain* des éditions du Seuil. Nelly Arcan dans le champ littéraire français" [A *Puta* das edições do Seuil. Nelly Arcan no campo literário francês], (no prelo). O artigo de Lilas Bass ainda não foi publicado, contudo a autora generosamente nos concedeu sua leitura e permitiu que sua citação constasse nesta breve apresentação de Nelly Arcan no Brasil. O estudo sociológico de Lilas Bass é fundamental para compreendermos a importância do trato editorial e publicitário no que tange à recepção de um autor e, sobretudo, no que se refere à recepção de uma autora como Nelly Arcan, que subverte a dimensão estritamente erudita da literatura e, ao mesmo tempo, o apelo erótico que normalmente é imputado à escrita de mulheres.

4 Ver o posfácio deste volume, intitulado "Nelly Arcan, escritora", p.149.

e, à medida que cada uma de nós foi adquirindo certa independência na interpretação de *Puta*, distribuímos nossas funções no presente projeto, de tal maneira que fiquei encarregada pela tradução e Priscila pela revisão crítica.

Ainda não sabemos de que modo a literatura de Arcan reverberará no Brasil. Tudo o que sabemos é que a incomparável contemporaneidade de Arcan chama a atenção: a profundidade e o ritmo de sua escrita, a riqueza de um estilo subversivo que não ofusca a ambivalência que nos constitui enquanto mulheres e que, muito menos, pretende nos curar e nos salvar. Como explica Lilas Bass, para Arcan, a escrita não possui uma dimensão terapêutica: "[Arcan] desmente a postura proposta pelas mídias francesas e a postura relativa à questão 'para você, escrever é uma saída?', ao que Nelly Arcan responde: 'Não, não foi uma solução. [...] ao terminar o meu livro, eu não estava curada'".[5]

Além disso, também podemos afirmar que a escrita de Arcan não possui um caráter salvacionista de tipo político e moral. Como vimos a partir de Bass, não se trata de curar a si mesma, tampouco se trata de salvar todas nós por meio de um esquema revolucionário ou abolicionista. Em *Puta*, a partir da personagem Cynthia, Nelly Arcan nos mostra que não podemos negar de modo absoluto as injunções dos poderes e saberes patriarcais, injunções que muitas vezes nos penetram irrefletidamente. A ambivalência dos afetos de Cynthia, no que concerne aos jogos entre a feminilidade e a masculinidade, embaralha a lei patriarcal, na medida em que a coloca em questão através de um grave diagnóstico da miséria do amor moderno.

Vale ressaltar aqui que o ato de embaralhar não corresponde ao ato de negar absolutamente, mas concerne ao combate agonístico. Mais precisamente, a Cynthia de Arcan nos faz perceber que a negação absoluta pode ser tão violenta quanto a afirmação universal, de tal modo que, quando performamos a radicalidade da negação em sua pretensão libertária, somos desonestas conosco, já que a resistência, diferentemente da revolução, não se pretende

---

5 Lilas Bass, "La *Putain* des éditions du Seuil. Nelly Arcan dans le champ littéraire français", op. cit., (no prelo).

pura nem mesmo isenta do sofrimento – do nosso próprio sofrimento e do sofrimento de tantas outras. Então, em *Puta*, Arcan parece diagnosticar a estrutura patriarcal do amor e, ao mesmo tempo, responsabilizar-se por ela através da figura ambígua de Cynthia, que vacila entre a identificação e a *des-identificação* em relação à imagem simbólica do Falo – imagem elaborada por meio de "uma linguagem estruturada pela lei patriarcal e pelos seus mecanismos de diferenciação".[6]

Sem mais delongas presunçosamente interpretativas, passemos à fulgurante leitura de *Puta*.

Que Nelly Arcan seja bem-vinda ao Brasil!

---

6 Judith Butler, *Gender Trouble: Feminism and the Subversion of Identity*. London: Taylor & Francis e-Library, 2002, p. 56.

Puta

Eu não tenho o hábito de me dirigir aos outros quando falo, eis por que não há nada que possa me frear, aliás, o que posso dizer a vocês sem aterrorizá-los, que nasci em uma pequena cidade do campo já quase no Maine, que recebi uma educação religiosa, que minhas professoras eram todas religiosas, mulheres rudes e exaltadas diante do sacrifício que elas impunham às suas vidas, mulheres que eu deveria chamar de mãe e que tinham um nome falso que elas deveriam escolher, de irmã Jeanne para Julie, de irmã Anne para Andrée, irmãs-mães que me ensinaram a impotência dos pais ao nomear suas crianças, em defini-las adequadamente perante Deus, e o que mais vocês gostariam de saber, que eu era em suma normal, bastante talentosa para os estudos, que no campo onde cresci, repleto de católicos fervorosos, nós encaminhamos os esquizofrênicos aos padres para que sejam tratados à base de exorcismos, que no campo a vida é muito bela desde que nos contentemos com pouco, desde que tenhamos fé? E o que mais, que toquei piano por doze anos e que eu quis como todo mundo deixar o campo para morar na cidade, que desde então eu nunca mais toquei uma nota e que acabei sendo garçonete de bar, que me tornei puta para negar tudo o que até então havia me definido, para provar aos outros que é possível simultaneamente prosseguir estudando, almejar-se escritora, esperar por um futuro e se dilapidar aqui e ali, sacrificar-se como tão bem fizeram as irmãs de minha escola primária para servir à congregação?

Eu sonho à noite com minha escola primária de vez em quando, volto à escola para as provas de piano e todas as vezes é a mesma coisa, não encontro meu piano e falta uma página em minha partitura, volto à escola com a consciência de que não toco uma nota há anos e de que é ridículo estar ali na minha idade, como se nada tivesse acontecido, e algo me diz que seria melhor dar meia volta para evitar a humilhação de não saber mais tocar diante da madre superiora, que com toda a certeza pouco se importa se eu toco ou não pois faz tempo que ela sabe que nunca serei pianista, que apenas dedilharei, e nessa pequena escola de tijolos vermelhos onde qualquer pigarro ecoa em todos os cantos, era preciso fazer fila para se deslocar de uma classe a outra, os menores na frente e os maiores atrás, eu tinha que ser a menor, eu não sei por que mas esta era a palavra de ordem, ser a menor para assumir a liderança, para não ficar presa no meio, entre os menores e os maiores, e na volta às aulas, momento em que a irmã determinava a ordem na qual deveríamos desfilar o ano todo, eu dobrava os joelhos sob o meu vestido para garantir, pois, mesmo sendo pequena, sem dúvida eu não era a menor, eu precisava me encolher um pouco mais, reduzir ainda mais meu tamanho para me assegurar esse lugar de escolha, e além disso eu não gostava dos adultos, uma única palavra deles bastava para me fazer chorar, eis por que eu queria me relacionar apenas com seus ventres, porque os ventres não falam, não perguntam nada, sobretudo os ventres das irmãs, bolas redondas que de imediato temos vontade de fazer quicar com um soco. E hoje não tenho mais essa necessidade de ser pequena, até mesmo usei por vários anos sapatos plataforma para ficar mais alta, mas não muito, somente o suficiente para encarar meus clientes.

Pensando bem, tive mães demais, modelos demais de devotas reduzidas a um nome de substituição, e talvez, afinal de contas, elas não acreditassem em seu Deus sedento de nomes, bem, não a todo o custo, talvez elas simplesmente procurassem um pretexto para se desvencilharem de suas famílias, para se desprenderem do ato que as fez ver o dia como se Deus não soubesse que elas vinham dali, de um pai e de uma mãe, como se ele não pudesse ver o que elas tentavam esconder atrás de Jeanne e de Anne, atrás daquele nome inconvenientemente escolhido pelos pais, tive demais desse tipo de mãe e pouco da minha, minha mãe que não me chamava pois dormia demais, minha mãe que em seu sono deixou meu pai se encarregar de mim.

Eu me lembro da forma de seu corpo sob os lençóis e de sua cabeça que aparecia apenas pela metade como um gato enrolado no travesseiro, um fragmento de mãe que se achatava lentamente, apenas os cabelos indicavam sua presença, diferenciando-a dos lençóis que a recobriam, e este período dos cabelos durou anos, três ou quatro talvez, bem, ao que me parece, esse foi para mim o período da Bela Adormecida, minha mãe se entregava a uma velhice subterrânea enquanto eu não era mais uma criança mas também não era ainda uma adolescente, enquanto eu estava suspensa nessa zona intermediária em que os cabelos começam a mudar de cor, em que crescem sem aviso prévio dois ou três pelos escuros entre a penugem dourada do púbis, eu sabia que ela não dormia completamente, mas apenas pela metade, nós a víamos em sua maneira rígida de ser sob os lençóis azuis demais, quadrangulares demais no quarto ensolarado demais, as quatro grandes janelas que envolviam sua cama e que jogavam sobre sua cabeça raios luminosos, retilíneos, e, diga-me, como se pode dormir com raios de luz sobre a cabeça e para que ter tanto sol no quarto já que se dorme? Víamos bem que ela não dormia, pela maneira abrupta de se mexer, pela maneira de gemer sem reservas por qualquer razão desconhecida, escondida com ela sob os lençóis.

E havia meu pai, que não dormia e que acreditava em Deus, aliás, ele só fazia isso, crer em Deus, rezar para Deus, falar de Deus, prever o pior para todos e se preparar para o Juízo Final, denunciar os homens na hora das notícias durante o jantar, enquanto o terceiro mundo morre de fome, ele dizia todas as vezes, que vergonha de viver aqui com tantas facilidades, com tanta abundância, havia, então, meu pai, que eu amei e que também me amou, ele me amou por dois, por três, ele me amou tanto que o amor-próprio seria demais, seria ingratidão perante esse jato que vinha até mim do exterior, ainda bem que havia Deus e o terceiro mundo para me proteger dele, para canalizar suas forças para outro lugar, no espaço distante do paraíso, e em certo domingo quando nós estávamos na igreja, sentados os dois em um banco de madeira enquanto minha mãe permanecia acamada, ele e eu em um banco da primeira fila olhando a luz do dia que atravessava os vitrais e angulava sobre o altar, em feixes sempre retilíneos, guardei a hóstia em minhas mãos em vez de engoli-la, eu a reencontrei em meu bolso para reencontrá-la em seguida em meu quarto entre as páginas de um livro que escondia debaixo da cama, e toda noite eu abria o livro para me assegurar de que ela ainda estava lá, pequeno e frágil disco branco que eu suspeitava não conter nada, por que Deus se rebaixaria a ponto de residir ali dentro? Que humilhação! E no domingo seguinte, antes de sair para ir à missa, eu a mostrei a meu pai para torná-lo meu cúmplice, olhe, papai, o que fiz, olhe bem isto que eu não fiz, e lhes juro que ele quase me bateu, é um sacrilégio, ele me disse, e nesse dia compreendi que eu poderia estar do lado dos homens, desses que devem ser denunciados, compreendi que ali eu deveria ficar.

E eu também tinha uma irmã, uma irmã mais velha que nunca conheci pois ela morreu um ano antes de eu nascer, ela se chamava Cynthia e nunca teve uma verdadeira personalidade porque ela morreu jovem demais, bem, é isto que meu pai sempre disse, que com oito meses não se pode ter uma verdadeira personalidade, é preciso tempo para que particularidades se desenvolvam, uma maneira própria de sorrir e de dizer mamãe, é preciso ao menos quatro ou cinco anos para que a influência dos pais seja sentida, para que se grite por si mesmo no pátio da escola, para que se grite como aqueles que dão a última palavra, minha irmã está morta desde sempre, mas ela ainda flutua sobre a mesa da família, ela cresceu ali sem que falássemos dela e ela se instalou no silêncio de nossas refeições, ela é o terceiro mundo do meu pai, minha irmã mais velha que assumiu as funções de tudo o que eu não me tornei, sua morte lhe permitiu tudo, tornando possível todos os futuros, sim, ela teria sido isso ou aquilo, médica ou cantora, a mais bela mulher do vilarejo, ela teria se tornado tudo o que gostaríamos que ela fosse porque ela morreu tão jovem, intacta de toda marca que a teria definido em um sentido ou em outro, morta sem gosto nem atitude, e se ela tivesse vivido eu não teria nascido, eis minha conclusão, foi sua morte que me deu a vida, mas, se por um milagre nós duas tivéssemos sobrevivido ao projeto de meus pais que previa apenas uma criança, é certo que eu me pareceria com ela, que eu seria como ela porque ela teria sido a mais velha, porque um ano é o suficiente para se determinar uma ordem de grandeza. Nunca falo de Cynthia pois não há nada a dizer sobre ela, mas tomei seu nome como meu nome de puta, e isso não foi em vão, cada vez que um cliente me nomeia, é ela que ele evoca do mundo dos mortos.

Houve ainda minha vida, a que não tem nada a ver com tudo isso, com minha mãe, meu pai ou minha irmã, tive uma adolescência de amigas e música, de tristezas de amor e de cortes de cabelo modernos, de crises de choro diante do resultado e de medo de ter isto muito grande, aquilo muito pequeno, de ter uma amiga mais bonita do que eu, tive dez anos de agitação que me conduziram ao início da idade adulta, tive a cidade grande e a universidade. Pela primeira vez na minha vida, encontrava-me sozinha em um apartamento com uma gata siamesa que meus pais haviam me dado para que eu não sofresse com a solidão, para que pudéssemos nos ocupar uma da outra, sem dúvida eles pensavam isso, compartilhar a mesma cama e desenvolver hábitos, formar um ecossistema de carinhos e de pequenas necessidades, ela era o único elemento estável em um universo cheio de novidades, foi sua constante sonolência que me fez compreender que é possível sofrer pelo excesso de possibilidades, pelo número grande demais de conexões a se fazer no metrô, ela se chamava Zazou e tinha os olhos azuis e vesgos, o que os deixava ainda mais azuis, azuis como os meus, Zazou em quem eu batia por qualquer motivo pela única razão de que ela estava ali, em meu caminho, e meu pai teve o cuidado de colocar um crucifixo, que antes ele teve o cuidado de benzer, em cada cômodo do apartamento, é muito importante que os crucifixos sejam benzidos, ele dizia, pois se eles não são benzidos correm o risco de se esvaziarem de Deus e de se tornarem ocos, muitas pessoas utilizam a cruz sem crer, elas utilizam a cruz com uma finalidade estética porque hoje só se pensa no embelezamento das coisas, dos carros e da religião, e se meu pai colocou crucifixos nas paredes de meu apartamento, era sobretudo para que ele continuasse a assegurar uma vigilância sobre mim e informasse aos visitantes a sua presença, nada será dito que eu não entenda, nada será feito que eu não veja pelo corpo lânguido de Cristo, e de minha parte nunca compreendi como se pode ter um morto como deus.

Meu pai nunca deixou de falar sobre o seu horror à cidade grande pois nela há muito a ser denunciado, as putas e os homossexuais, as pessoas ricas e famosas, há a economia em

*pleno vigor e a lei do mais forte, o desastre das coisas que não
são mais distinguíveis, a cacofonia das línguas e da arquitetura,
a lama da primavera e a feiura das construções modernas, e
como é possível que uma fachada de igreja sirva de entrada
para uma universidade? Ele se indignava como se eu tivesse
alguma coisa a ver com isso, uma igreja mutilada como os
crucifixos não benzidos, vazia de Deus, e como é possível que
os pavilhões da universidade desemboquem nos peep shows?
Para onde se vai se há apenas um passo entre a educação e a
prostituição? E é verdade, cientificamente demonstrável, uma
fachada de igreja dá acesso a um pavilhão onde tive a maioria
das minhas aulas, uma fachada conservada e restaurada pelo
patrimônio porque ela parece bonita, e justamente as janelas
das salas dos cursos dão para os bares de dançarinas nuas, para
os letreiros de néon cor-de-rosa da feminilidade, passei aulas
inteiras com o olhar mergulhado no mar de trabalhadoras do
sexo, que descoberta feliz essa denominação, nós sentimos o
reconhecimento dos outros em relação à profissão mais antiga
do mundo, pela mais antiga função social, amo a ideia de que
o sexo possa ser trabalhado como se trabalha uma massa, que
o prazer seja um labor, que ele possa ser extraído de algo e
que sua extração exija esforços e mereça um salário, imponha
restrições e padrões. E para o mar de estudantes não havia nada
de errado em coabitar com as putas, eis o mais impressionante,
nós nos habituamos rápido às coisas quando não podemos
mais escapar delas, quando elas transbordam do outro lado da
rua para recobrir nossas notas de aula, mas essa proximidade
teve efeitos sobre mim, ela me fez mudar para o outro lado da
rua, diga-me, como uma teoria poderia resistir diante de tantos
prazeres? De qualquer maneira, ninguém me conhecia e a
primavera estava indo bem, é sempre imperioso agir na primavera, colocar a corda no pescoço, era então a ocasião de me
despir de minha caipirice e eu estava alegre com isso.*

*Foi fácil me prostituir pois eu sempre soube que pertencia a
outros, a uma comunidade que se encarregaria de encontrar um
nome para mim, de controlar minhas entradas e saídas, de me
dar um mestre que me diria o que eu deveria fazer e como, o*

que eu deveria dizer e calar, sempre soube que eu era a menor,
a mais sedutora, e nesse momento eu já trabalhava em um bar
como garçonete, já havia as putas de um lado e os clientes de
outro, clientes que me ofereciam um pouco mais de gorjeta do
que me era necessário e que me obrigavam a lhes dar um pouco
mais de atenção do que lhes era necessário, uma ambiguidade
se instalou bem devagar, de forma natural, eles me usaram e eu
os usei por vários meses antes de decidir ir em direção àquilo
que me atraía tão fortemente, e quando penso sobre isso hoje,
parece que eu não tinha escolha, que já haviam me consagrado
puta, que eu já era puta antes de ser, bastou-me folhear o
jornal anglófono Gazette para encontrar a página das agências
de acompanhantes, bastou-me pegar o telefone e discar um
número, o da agência mais importante de Montreal, e conforme
o que dizia o anúncio a agência contratava apenas as melhores acompanhantes e admitia apenas a melhor clientela, isso
significava que se encontravam ali as mais jovens mulheres e os
homens mais ricos, a riqueza dos homens sempre esteve par a
par com a juventude das mulheres, sabemos bem, e, como eu era
muito jovem, fui prontamente admitida, eles vieram me buscar
em casa para logo me deixarem em um quarto onde recebi cinco
ou seis clientes seguidos, as iniciantes são sempre muito popu-
lares, eles me explicaram, elas nem precisam ser bonitas, bastou-
-me um único dia neste quarto para que eu tivesse a impressão
de que havia feito isso a vida inteira. Envelheci de uma hora
para outra mas também ganhei bastante dinheiro, fiz amigas
com as quais a cumplicidade era possível e mesmo temível pois
ela encontrava sua fonte em um ódio comum, o ódio pelos
clientes, mas, assim que saíamos do quadro da prostituição, nós
voltávamos a ser mulheres normais, sociais, inimigas.

E comecei a envelhecer a toda velocidade, eu tinha que
fazer alguma coisa para não continuar ajoelhada assim diante
da sucessão de clientes, neste quarto onde eu passava todo
o meu tempo, além de tudo eu fazia análise com um homem
que não falava, aliás, que ideia de ser escutada em um divã, já
que durante todo o dia eu precisava me deitar na cama com
homens que deveriam ter a idade dele, homens que poderiam

ser meu pai, e como a análise não me levava a lugar algum, como eu não conseguia falar, amordaçada pelo silêncio do homem e pelo medo de não conseguir dizer o que eu tinha para dizer, eu quis acabar logo com minhas sessões e escrever com toda força o que eu podia, finalmente dizer o que se escondia por trás da exigência de seduzir, exigência que não queria me largar e que me jogou no excesso da prostituição, exigência de ser o que é esperado pelo outro, e se a necessidade de agradar sempre prevalece quando escrevo, é porque tenho que colocar em palavras isso que está lá atrás e porque basta que algumas palavras sejam lidas pelos outros para que deixem de ser boas palavras. Aquilo que eu precisava superar só ganhou mais força à medida que eu escrevia, o que devia se desatar foi apertado ainda mais até o ponto em que o nó tomou conta de mim, nó do qual emergiu a matéria prima de minha escrita, inesgotável e alienada, minha luta para sobreviver entre uma mãe que dorme e um pai que espera o fim do mundo.

Eis por que este livro é construído por inteiro através de associações, daí a repetição e a ausência de progressão, daí a sua dimensão escandalosamente íntima. As palavras só têm o espaço de minha cabeça para desfilar e elas não são tão numerosas assim, apenas meu pai, minha mãe e o fantasma da minha irmã, apenas meus inúmeros clientes que preciso reduzir a um único pau para não me perder. Mas se o que há de mais íntimo em mim é despertado, também desperta o que há de universal, algo de arcaico e de invasivo, todos nós não ficamos presos a duas ou três figuras, duas ou três tiranias que se combinam, que se repetem, que aparecem em todos os lugares, onde elas não têm nada para fazer, onde nós não queremos que elas estejam?

Dizem-me constantemente que minha obsessão por mulheres é vexatória, que é a velha história de sempre, por que não sorrir para elas com gentileza e aplaudi-las quando elas conseguem incitar o tesão nas multidões, não seria eu mesma uma mulher, aliás, uma puta, e por que não posso dar a elas uma chance? É verdade, eu sou a prova de que a misoginia não é só coisa de homem, e, se eu as chamo de larvas, smurfettes[1], putas, é sobretudo porque elas me dão medo, porque elas não querem o meu sexo e porque não há outra coisa que eu possa lhes oferecer, porque elas nunca surgem sem a ameaça de me colocarem em meu lugar, no meio das filas, lá onde não quero estar. E, se não amo o que as mulheres escrevem, é porque quando as leio tenho a impressão de que estou me escutando falar, porque elas não chegam a me distrair de mim mesma, talvez eu esteja perto demais delas para reconhecer qualquer coisa que lhes seja próprio e que não seja instantaneamente detestável, que não me seja de imediato atribuível. E mesmo assim eu as invejo por poderem se dizer escritoras, eu adoraria pensar nelas como semelhantes, pensá-las como eu me penso, como uma smurfette, como uma puta.

Mas não se preocupem comigo, escreverei até finalmente crescer, até me juntar àquelas que não ouso ler.

---

1 [N.T.] No texto em quadrinhos *A Smurfette* conta-se que a personagem, única mulher entre os duzentos Smurfs, foi criada pelo feiticeiro Gargamel para semear a discórdia entre os homens.

Sim, a vida me penetrou, eu não sonhei com esses homens, milhares, em minha cama, em minha boca, eu não inventei nada sobre o esperma deles em mim, em meu rosto, em meus olhos, eu vi tudo e continuo a ver, quase todos os dias, partes de um homem, o pau somente, extremidade de um pau que se excita por não sei o quê, pois não é por mim que eles endurecem, nunca foi por mim, é por minha putaria, pelo fato de que ali estou para isso, para chupá-los, chupá-los de novo, paus que engulo um após o outro como se eu fosse esvaziá-los completamente, fazer sair deles de uma vez por todas o que eles têm a dizer, e de qualquer maneira eu não tenho nada a ver com aquilo que eles jorram sobre mim, isso poderia ter a ver com uma outra, não necessariamente uma puta mas uma boneca inflável, um pedaço de imagem congelada, o ponto de fuga de uma boca que se abre sobre eles enquanto eles gozam com a ideia que eles têm do que lhes faz gozar, enquanto eles enlouquecem sob os lençóis deixando aparecer uma careta aqui e acolá, os mamilos enrijecidos, uma fenda molhada e agitada por espasmos, enquanto eles tentam acreditar que essas partes de uma mulher lhes estão destinadas e que eles são os únicos que sabem fazê-las falar, os únicos que podem fazê-las renderem-se ao desejo que eles próprios têm de vê-las curvadas.

E não é minha vida que me anima, é sempre a dos outros, cada vez que meu corpo se coloca em movimento, um outro o ordenou, um outro o agitou, exigiu que eu me curvasse, ajoelhada como um cachorrinho ou arreganhada de costas, meu corpo reduzido a um lugar de ressonância, e os sons que saem de minha boca não são os meus, eu sei pois eles respondem a uma expectativa, ao desejo de que minha voz os deixe de pau duro, que minha fenda se torne audível para que os paus nela mergulhem, para que eles se percam em meio a meus gemidos de cadela ecoados no buraco de uma de suas orelhas, e algumas vezes eu tenho prazer, não posso dizer outra coisa, eu sempre o tenho enquanto minha voz continua a me convencer, enquanto penetra em meus gritos, aqui e ali, algo de natural, de espontâneo, um canto que atinge alguma coisa do mesmo modo que um golpe bem posicionado, um pensamento certeiro, a impressão de estar ali para valer, de verdade, para meus pais, meus professores, minhas encarnações do saber-por-que-fazer-viver, de estar ali para o gozo de meus profetas que penetra meu corpo de puta e que devolve o que é meu.

E eu não saberia dizer o que eles, esses homens, veem quando eles me veem, todos os dias eu procuro por isso no espelho sem o encontrar, e o que eles veem não sou eu, não pode ser eu, só pode ser uma outra pessoa, uma vaga forma transitória que assume a cor das paredes, e eu não sei mais se sou bela nem até que ponto, se ainda sou jovem ou se já sou velha demais, sou vista sem dúvida como se vê uma mulher, no sentido estrito, com seios marcantes, curvas e um talento para abaixar os olhos, mas uma mulher nunca é uma mulher exceto quando comparada a uma outra, uma mulher entre outras, ou seja, todo um exército de mulheres que eles fodem enquanto me fodem, é nesse mostruário de mulheres que eu me perco, que eu encontro meu lugar de mulher perdida.

E durante esse tempo de me dar a quem quiser pagar, me ocupo com aquilo que me torna mulher, com esta feminilidade que me torna estimada, aliás, eu só faço isso, posso afirmar que tive sucesso neste quesito, o que não resulta de uma prática nem mesmo de uma técnica mas de uma maleabilidade infinita que eu tenho e que me engole quando ela não é mais suportada por golpes e carícias, sim, eu digo que a feminilidade é uma maleabilidade que não acaba mais e que se esgota por não suportar a si mesma, e se eu sempre desmorono em qualquer lugar, nas mais diversas situações, na apreensão, na alegria, no tédio, é porque, seja sentada ou deitada, eu nunca poderia ser maleável o suficiente para tocar o fundo de minha ruína, seria preciso que eu caísse de minha cadeira, de minha cama, seria preciso que o solo se abrisse para que eu pudesse deslizar infinitamente em direção às profundezas da terra, para ainda mais longe, descer assim, deixando para trás de mim meus braços, minhas pernas, minha cabeça, todas essas partes emaranhadas cuja junção me faz mulher, e no fim restaria apenas um coração de princesa libertado de seus próprios farrapos, pequeno pedaço de um reino seguindo a própria trajetória na esperança de desembocar em um céu ignorado pelos homens. Sim, eu já imagino este coração palpitando sobre si mesmo, por si mesmo, sem nada a esperar, coração inútil porém pleno.

E bastam alguns dias para se criar um hábito, alguns meses de putaria aqui e acolá com um qualquer em um prédio na avenida Doctor Penfield, onde vou todas ou quase todas as manhãs, dois ou três clientes, para compreender que já era, acabou, que a vida nunca mais seria a mesma, foi suficiente uma única vez para me encontrar presa na repetição de um pau ereto sobre o qual eu ainda me apoio, aqui neste quarto, o pequeno soldado mecânico que não sabe das paredes, que continua sua caminhada em direção à morte mesmo caído de lado, com os pés suspensos no vazio, mas que tenacidade, e que convicção, e ali eu sempre continuo a tagarelar em minha cabeça, nas lágrimas sem tristeza que correm sobre os paus que escavam minha garganta, na espera do orgasmo e mesmo depois, no azedume do esperma que eu não soube não segurar em minha boca, tenho que fazer meu trabalho, aliás, geralmente nada anuncia a descarga, eles se fazem de mortos, eles agem como se não esperassem mais nada, como se a renunciassem por um prazer mais durável, e ela sempre chega nesses momentos mortos, quando eles estão mortos, sem barulho nem agitação, ela chega para minha grande alegria, pois significa que acabou, ela marca o fim de tudo, da ginástica, do fingimento, das lágrimas, da maleabilidade, e algumas vezes eu tenho que dar uma segunda vez, de preferên- cia ser sodomizada, então me acariciam para me preparar, com a ponta dos dedos ou com a língua, e só me resta ceder pois nem a perspectiva da dor nem a do desgosto seriam capazes de modificar neles a certeza de que eu encontro prazer nisso, e eu digo não e eles dizem sim, e eu digo isso machuca e eles dizem vou devagarzinho, você verá, é tão bom, mas sim é verdade, isso é bom, machuca devagarzinho, mas quanto vale essa dorzinha perto da alegria deles?, o que é se machucar quando se trata de mim?, o que é querer, pensar ou decidir quando se está depen- durada em qualquer pescoço, em qualquer pau, com os pés suspensos no vazio, o corpo levado por essa força que me faz viver e que me mata ao mesmo tempo?, e se eu não sei gritar nem gesticular fora da cama, além da demanda, então talvez as palavras, estas palavras cheias de meu grito, poderão atingir a todos, e mais ainda, o mundo inteiro, as mulheres também, pois em minha putaria é toda a humanidade que eu repudio, meu pai, minha mãe e meus filhos se eu os tivesse, se pudesse tê-los, ia esquecendo que sou estéril, assolada, que todo o esperma do mundo não chegaria a brotar o que quer que seja em mim.

E, no momento, estou perfeitamente feita no alto dos meus vinte anos e meus olhos azuis, minhas curvas e meu olhar oblíquo, meus cabelos loiros, que de tão loiros são quase brancos, mas a vida não se resume a isso, então como caminhar sem que eu desmorone sob os olhares que me perfuram, olhares que refletem aquilo que eu não chego a ver no espelho, espelhos que nos perseguem em lojas e cafés, por todos os lugares, espelhos que potencializam a presença, e eu entre eles não existo mais, as pessoas circulam em torno de mim sem me ver, meu sexo não aparece com clareza suficiente, sou uma mulher que não se maquiou o suficiente, não, preciso de um enfeite, de uma segunda camada a ser adicionada ao que eu não saberia ser sem artifício, e todos veem bem que sou uma mulher mas devo lhes mostrar mais uma vez para que ninguém se engane, para que jamais seja visto o que não foi enfeitado, o corpo bruto, desprovido daquilo que o torna um verdadeiro corpo de mulher, um corpo que busca excitar pela marca dos cuidados que exibe, pela roupa que o desnuda, por uma boca cheia de batom que se abre e se fecha, por seios que estão a ponto de escapar do espartilho, por cabelos com cachos que voam e que não deixam de voar pois, assim que eles param, esquecemos o que eles vêm recobrir, ombros e costas que oferecem a promessa do que se encontra no lado oposto, um peito espartilhado que constantemente protela sua próxima aparição.

E já me fizeram perceber minha maneira de olhar as mulheres, quero dizer, minha maneira de homem, a respiração ofegante e o pensamento que se interrompe, e se eu as detalho apaixonadamente, é sem dúvida para perceber nelas aquilo que me falta, o que eu não chego a ver ou a ter, devo encontrar nelas um defeito, um pormenor que me desaponte, pois os defeitos dos outros são sempre tão charmosos, tão excitantes, quase belos, é preciso apegar-se ao defeito delas para humanizá-las, para desprovê-las do que elas têm a mais, do que elas têm de melhor, e assim elas podem me observar com a mesma maneira de homem, assim eu posso observar uma mulher que por sua vez me observa de volta, os olhos ardem quando isso acontece, nós nos cumprimentamos, a raça de bruxas cegas e de madrastas invejosas, espelho, espelho meu, diga-me quem é a mais bela, e bem, não sou eu, não pode ser eu, eu sei porque sempre me falam de uma outra quando falam comigo, minha pessoa não é suficiente para dar conta de todas as conversas, e os clientes só me falam disso, das outras, me contam o jeito peculiar como elas fazem e qual é o tamanho de suas cinturas, detalhes sobre o peito e a boca, sobre os cabelos que batem na bunda e as pernas que nunca terminam, e assim que fico sozinha procuro em mim mesma aquele tamanho da cintura e aquela medida das pernas, procuro mas não encontro nada do que foi aprovado, notado, estimado, o que será que aconteceu para que eu me tornasse inadequada, fora de definição, o que será que aconteceu para que os espelhos não reflitam mais que uma usurpadora que nada quer, que não busca mais nada ou muito pouco, apenas a confirmação de sua visibilidade?, eu sou uma decoração que se desmonta tão logo lhe damos as costas, e quando isso acontece eu berro com não sei qual órgão pois não chego a berrar a plenos pulmões, a gritar espontaneamente enquanto a vida depende, no fundo, de um beco no meio da noite, não se pode esquecer que o berro também se trabalha, ele se feminiza como o balanço da bunda na plataforma do metrô, como o gesto de levar o lenço ao canto dos olhos no cinema quando o herói deixa a heroína para conquistar o mundo.

E contar aquelas uma, duas, três mil vezes em que os homens me tiveram só pode se fazer na perda e não na acumulação, aliás você já conhece, os cento e vinte dias de Sodoma, você o leu sem conseguir chegar até o fim, mas saiba que eu estou no centésimo vigésimo primeiro dia, tudo foi feito de acordo com as regras e assim a coisa continua, cento e vinte e dois, cento e vinte e três, primeiro a agência precisa ser contatada por telefone pela manhã para reservar o lugar, é preciso ligar bem cedo para que me autorizem a estar presente nesse dia, no menu do dia, posso trabalhar para vocês hoje?, estou autorizada a me prostituir pela agência de vocês, em seus apartamentos?, e sinto muito por ontem, sinto muito por não ter aparecido como previsto, vejam, eu estava menstruada, mas hoje quase acabou, e eu pensei em tudo, nas esponjas e nos sapatos vermelhos, no robe e no óleo de massagem, e depois da primeira ligação da manhã, depois que obtenho o consentimento do patrão para estar ali naquele dia, devo ir até a Doctor Penfield o mais rápido possível pois parece que os clientes já estão esperando, eles fazem fila, eles esperam que a puta do dia chegue para aliviá-los antes que suas reuniões de negócios os conduzam aos edifícios empresariais do centro, sem dúvida eles querem começar o dia com o pé direito, o sexo reduz o stress, sabe-se bem, pelo menos é o que as revistas dizem, os sexólogos e os médicos, então eu tenho que chegar aqui o mais rápido possível, neste quarto que fica nos fundos de um grande prédio marrom, parado ali em sua feiura desvalorizada, parecendo uma colmeia gigante cheia de peque-nas células mofadas, há também os lençóis que é preciso trocar caso eles não tenham sido trocados na noite anterior e as lixeiras que é preciso esvaziar caso elas não tenham sido esvaziadas, é preciso se maquiar e esperar, fazer tudo o que eles querem com discrição, que isso não ultrapasse os limites do apartamento, é preciso esperar pelo toque do telefone que anuncia a chegada do primeiro cliente, esperar que batam na porta, o cliente que entra, paga, despe-se, chupar, chupar mais ainda, ser chupada, ter o mínimo de contato, sou eu que quero, bem, querer é mais ou menos isso, reduzir. E então foder, eu por cima e depois por baixo e finalmente de quatro, a posição que prefiro, porque apenas as genitais se tocam, posso fazer as caretas que eu quero, chorar um pouco também e mesmo gozar sem que se saiba, e tudo deve ser feito seis, sete, oito vezes com seis, sete, oito clientes diferentes, após o oitavo se presume, eu posso ir embora, e ir para onde?, você pensa, ir para casa, bem, eu não quero ir para minha casa, eu só quero morrer o mais rápido possível mas não aqui, não neste quarto, a polícia, o interrogatório e meus pais de repente implicados nesse comércio, as perguntas, a tortura e depois o que mais?, o fim de mim mesma a procurar meu sofrimento em meus genitores, que descobrem minha travessura, minha putaria, a única coisa que tenho de próprio, sordidamente próprio, e nem mesmo isso pois existe um grande número de putas, de todos os tipos e sobretudo do meu tipo, a raça de jovens mulheres prematuramente velhas, embrutecidas pela tagarelice dos pensamentos, chorando por trás dos olhos para deixar apenas a imagem perfeita de uma puta jogada ali, brega, de salto alto e sorrisos sarcásticos, exibindo as pernas e desafiando o visitante com sua inesgotável maleabilidade.

E você deveria ver o quarto onde espero os clientes, você deveria vê-lo para compreender alguma coisa dessa vida a esperar que um homem bata na porta, você deveria ver a cama, a mesa de cabeceira e a cadeira que formam um triângulo e que se defrontam em suas disposições, na solidão de servirem a todos e de não pertencerem a ninguém, de carregarem um vestígio do desgaste desalmado, como os bancos das estações sobre os quais nós perdemos a paciência olhando o relógio a cada quinze minutos, e você deveria ver a única lâmpada de luz amarela, que dá uma aparência de noite aos dias, a cama branca de madeira compensada ao pé da qual se acumulam os pelos dos clientes, bolinhas que rolam quando a porta é aberta, que atravessam o cômodo como gatinhos cinzentos empurrados pelas correntes de ar, bolas que eu não cato nunca, eu as deixo correr pois quero que elas sejam vistas, que elas marquem as relações com os clientes, eu gosto que eles não se sintam confortáveis demais, que saibam que não são os únicos, que há ainda um pouco dos outros ali, que eles não são mais que um ponto perdido na série de homens que passam por aqui e que acabam empilhados, sem qualquer distinção, sobre o chão, eu quero que eles compreendam que este quarto não é meu e que ele é frequentado por tanta gente que não vale a pena organizá-lo, e que então de qualquer forma outro logo virá, é preciso ser rápido, vestir-se assim que terminar e partir o quanto antes para não encontrar o que está prestes a chegar, e é preciso vê-los se vestir com toda a velocidade, escutá-los andar no corredor para pegar o elevador, é preciso imaginar seu modo de agir, como se nada tivesse acontecido, nada mesmo, como se pagar uma mulher para dormir com ela só fosse impensável quando se cruza com uma testemunha, e há também a pilha de revistas que eu não leio, compradas pela agência e colocadas ali sobre a mesa de cabeceira para o divertimento das putas, revistas feitas para mim, mas eu não sei o porquê, examinar jovens adolescentes seminuas que me olham com bocas entreabertas a cada página não me diverte, elas me dão medo, é melhor virar as revistas de cabeça para baixo, arrancar a capa onde goza arqueada a smurfette chefe, a empregada do mês cercada de slogans estúpidos, sempre os mesmos, especial sexo, tudo sobre o sexo, como se não bastasse fazer sexo todo o tempo, tínhamos também que falar sobre ele, e falar cada vez mais, catalogar, distribuir, dez truques infalíveis para seduzir os homens, dez vestidos para enlouquecê-los, como se insinuar discretamente para excitar o patrão, tais revistas deveriam ser rasgadas, uma por uma, e varridas para baixo da cama com as embalagens de preservativos jogadas ali porque a lixeira não estava ao alcance da mão, porque ela estava cheia, mas isso não resolve nada pois elas são numerosas demais, outras revistas serão empilhadas no mesmo lugar na próxima semana, outras smurfettes irão me desafiar a rasgá-las, nada podemos contra o que recomeça a cada semana, eu preciso deixá-las então com seus quinze anos e com a perfeição das bocas entreabertas, em seus reinos de poses aterrorizantes.

E sempre está escuro neste quarto porque não se deve abrir as cortinas, é preciso deixá-las fechadas para não chamar a atenção dos vizinhos que poderiam a cada instante observar pela janela da cozinha enquanto lavam a louça ou cortam cebolas, os vizinhos que não devem saber o que acontece aqui e que talvez saibam tudo o que acontece há muito tempo, e de minha parte eu posso imaginá-los lavando a louça ou cortando cebolas enquanto percebem que as cortinas do apartamento da frente permanecem obstinadamente fechadas há mais de um ano, que de tempos em tempos uma mão de mulher abre de forma sorrateira a janela sem nunca abrir as cortinas, eu posso imaginar as reflexões deles sobre a bizarrice das pessoas, o mundo é louco, os vizinhos são paranoicos, e, quem sabe, talvez sejam eles mesmos os clientes, clientes a quem meus talentos de puta são vendidos, a quem se fez por telefone a promoção de meu corpo, trinta e seis, vinte e quatro, trinta e seis, vinte anos com olhos azuis, sim, senhor, ela é muito bela e ela presta um bom serviço, ela pode lhe prestar serviço várias vezes seguidas, chupá-lo como ninguém, por um pouco mais de dinheiro ela pode levar por trás, um extra, e então veja na internet, onde você pode encontrar fotos em que ela mostra os seios, enfim, o que for preciso para que você se excite, e vá ver também o que escrevem sobre ela nos fóruns de discussão, nos rankings, onde pessoas de toda a América atualizam as façanhas dela, é uma vedete, a estrela da agência, todo mundo a adora pois ela se entrega completamente, ela se doa completamente, você pedirá por ela outras vezes, e assim fazem minha publicidade em troca de que eu lhes dê a metade do que ganho, eu trabalho para uma agência de acom-panhantes que anuncia em jornais anglófonos, you have reached the right number, e é a agência que recebe as ligações, isso quer dizer que você não tem que alugar um quarto pois eles alugam para você, isso também quer dizer que você não precisa abordar uma mulher na rua pois ela já o espera, com seu pequeno rosti-nho pueril que se agita de impaciência sob os lençóis, sim, sou uma acompanhante para quem quer acreditar que eu não sou puta, bem, não de fato, já que tenho classe e educação, já que mais acompanho os homens do que durmo com eles, já que eu os chupo só se estiver com vontade, já que eu posso escolher e dizer não, aquele ali não me agrada, ele é gordo demais ou velho demais, ele tem os pés sujos, eu só quero discutir os novos cortes orçamentários do governo, comer caviar e beber champagne, sou uma acompanhante pois não faço programa na rua, bem, ainda não, e dou por cinquenta dólares a meia-hora e setenta e cinco dólares a hora, não mais que isso, os clientes me pagam cem ou cento e cinquenta dólares a hora mas eu só fico com cinquenta ou setenta e cinco dólares, e cinquenta ou setenta e cinco dólares vezes sete ou oito clientes por dia dá quase quinhen-tos dólares, é mais que o necessário para comprar um novo guarda-roupas a cada semana, e eu sou uma puta que ama ser tratada como puta, que ama fazer com que os clientes falem da família, eles são casados?, eles têm filhos?, e o que eles diriam se suas mulheres e suas filhas fossem putas?, o que eles pensariam se, assim como eu, elas esperassem os clientes jogando embalagens de preservativos embaixo da cama e deixando rolar sobre o chão os pelos dos últimos dias?, e a esses questionamentos eles respondem que eu não sou puta, que sou uma acompanhante, e que de qualquer maneira eu devo ter outra ocupação, ir por exemplo à universidade, sim, é verdade, eu vou à universidade, sou uma puta que estuda, e que felicidade a deles, que bom ter uma família como refúgio enquanto aproveitam a putaria com as estudantes, embaraçados eles tentam mudar de assunto, a droga nas escolas, que praga, que escândalo, arruinar a vida de crianças tão jovens com tais substâncias, e eu fatalmente volto a suas mulheres e a seus filhos, eu sou uma puta cujas ideias têm um fio condutor, eles ainda dormem com as esposas?, têm uma vida conjugal satisfatória?, e eles respondem que depois de ter filhos as mulheres não querem mais, que elas não têm mais vontade, nem de paus e nem de filhos, que elas são autossuficientes, e aí eles se apegam a mim, à juventude de meu corpo por trás do qual aparece o cadáver de suas mulheres, eles dizem que eu não devo permanecer nessa profissão por muito tempo pois eu poderia envelhecer, e não há nada pior do que se tornar uma puta velha, nada de mais miserável que uma pele de galinha que tenta agradar os homens, tendo a audácia de exigir que a ela se pague em troca, eis o que eles me dizem, que é preciso ser bela para se prostituir e ainda mais bela para ser uma acompanhante, para ganhar a vida discutindo o novo filme em cartaz e bebendo champagne, e é preciso ser jovem sobretudo, não mais que vinte anos pois após os vinte anos as mulheres começam a ficar flácidas, como as suas próprias mulheres e logo como suas filhas, é o que eu tenho vontade de berrar, as duas flácidas e enrugadas, assim como eles, como o pau deles que não aguenta que eu o tire de mim pois imediatamente pende e se perde entre os pelos cinzas, sim, eis por que ao envelhecerem os homens se afastam das mulheres que envelhecem, para que elas assumam a impotência deles, para que digam a si mesmos que é por esse motivo que não conseguem mais endurecer.

*

Minha mãe jamais faria isso, ela só se prostituiu para um único homem, meu pai, e se eu, eu fodo, é por ela também, eu fodo para não deixar meu pai ser o único, seria lamentável demais, logo este homem alçado como Deus, o Pai contra o pecado do mundo, meu pecado é o dele também, pois eu fodo com meu pai através de todos esses pais que ficam de pau duro em minha frente, com suas glandes vermelhas que convergem para minha boca, que despontam em direção à cama, o hálito deles, a baba deles, o orgasmo e a saída, e o que dizer de minha mãe exceto que seus lábios demasiado finos sorriem um sorriso murcho cheio de autopiedade, o que dizer exceto que essa fenda de bruxa não pode substituir uma boca, não, não é mais do que um traço que dá ao rosto uma característica mortuária, e que seus dedos foram transformados em colcheia por serem roídos com tanta força, dedos tortos que não servem para nada, é preciso dizer que minha mãe não rói as unhas com a boca, totalmente dedicada a não ser mais do que uma fenda, mas com os dedos que comem uns aos outros, fazendo um crack quando a unha esfola o dedo, um crack que deixa gotinhas de sangue antes do próximo crack, pontos vermelhos que não a preocupam, minha mãe e suas mãos que batem nas coxas como se tivessem vida própria, como se isso não fosse nada, como se todo o resto do corpo, até agora assentado no torpor de velha louca, existisse apenas para assistir à agitação das mãos, e ela age assim todo o tempo e sem dizer nada pois ela não fala, ela grita ou ela se cala, ela mantém o silêncio com o estalido de seus dedos que toma o quarto, um relógio de pêndulo que marca o tempo perdido, domingo à tarde, enquanto as crianças brincam lá fora, e esse silêncio me deixa louca, nós somos duas loucas que permane-cem em silêncio para melhor nos detestarmos, como você tem orelhas grandes, vovó, como você tem olhos grandes, é para te ouvir melhor, minha criança, é para te ver melhor, mas não se engane pois ela não me vê melhor, não, ela nem mesmo me ouve melhor, só tem olhos e orelhas para ela mesma, só os tem para o meu pai, que não os quer, meu pai que não está aqui pois espera pelo fim do mundo do alto de sua Bíblia à medida que invoca o Dilúvio, que se acabe com ela, com essa vida de mãos que se esgotam em duelos, que se acabe com essa boca que não pode receber nenhum beijo, com esse conjunto de olhos e rugas, de vermelhidão e de pele, e de qualquer maneira ele não a toca mais, ele me disse a seu modo de dizer que isso não lhe interessa, que ele poderia viver sem isso, sem sexo, mas não é verdade pois ele corre para as putas, vê-se pela forma como ele olha as garotas na rua, o olhar de saliva que desliza de cima a baixo, ele não fode mais minha mãe mas ele fode outras, e como fazer de outro jeito?, o corpo de minha mãe se dirige ao instinto, do viável, encolhe e incha ao mesmo tempo, e não é a artrite ou o câncer que a atormentam, nem mesmo a tristeza, mas a feiura que se alastra cada vez mais, fazendo-a desaparecer por trás de sua vermelhidão, a pele que, por trás das costas sob a qual ela se abriga, salienta os cabelos brancos amarelados, a velhice mal vivida, o aspecto de cadela abandonada.

E eu devo me manter firme para atrasar o momento em que ela me capturará, sua escoliose que tomará conta de mim, dobrando-me em duas, sua corcunda que irá me inclinando cada vez mais sobre a tábua de passar, isso não pode acontecer, está fora de questão, ao menos agora, sobretudo se eu me mantiver firme e usar unhas postiças, e minha pele, o que fazer com esta pele senão cobri-la com outra, esconder o que terminará vindo à tona, as veias e a oleosidade, e o silicone para os meus lábios pois por que eu resolveria viver sem lábios?, por que eu deveria exibir esta fenda pela qual somente meu desgosto por essa mulher pode sair?, sim, o dinheiro serve para isso, para nos desprender-mos de nossas mães, para nos darmos um rosto, para rompermos com essa maldição da feiura que se transmite sordidamente, motivo da grande infelicidade de jovens estrelas e smurfettes, futuras putas que vão querer exibir os cabelos loiros perante a vizinhança e com as quais se aprende que não se deve envelhecer de jeito nenhum, que é preciso permanecer safada e sem filhos para excitar os homens entre duas reuniões de negócios, mamãe, papai, digam-me quem é a mais bela, não sou eu, certamente não, meu nariz, meus seios e minha bunda, o que eu posso fazer com eles a não ser difundi-los pelo mundo, oferecê-los à ciência, deportá-los ao consultório de um cirurgião, o que posso fazer comigo mesma a não ser me manter longe disso que acabou acontecendo com minha mãe, com o desejo de meu pai, e se eu me acho tão feia, a culpa talvez seja de todas essas garotas, ao que me parece, por causa das smurfettes que estampam as revistas empilhadas logo ali me sinto desafiada a observá-las com cuidado, uma por uma, todas iguais, smurfettes na televisão e nas ruas, jovens bonecas de quatorze anos que anunciam o novo creme antirrugas, com seus narizes pequenos e seus lábios carnudos, suas bundas bronzeadas e seus peitos firmes, em pé, sob a camisa entreaberta, elas são belas o suficiente?, sim, eu sei, você diz, e não é uma questão pois, enquanto há dúvida, há também a esperança de que se esteja enganado, e eu mesma, eu não tenho esperança nem o projeto de tê-la um dia, eu não tenho mais questões a colocar pois não sei mais me enganar, sei tudo sobre mim ou não quero mais saber de nada, o que dá no mesmo, e aliás, se você me afirmar que não tem nenhum desejo por elas, eu vou quebrar a sua cara, e se você me confessar que sim, que você tem desejo por elas, eu também vou te quebrar, pois o meu caso não tem nada a ver com as outras mas com meu desgosto em ser uma larva surgida de outra larva, desgosto por essa mãe que detesto a cada momento, desde meus pensamentos mais longínquos e profundos, e se eu a detesto a este ponto não é por sua tirania ou por um poder que ela utilizaria traiçoeiramente, não, mas antes por conta da sua vida de larva, vida de se rastejar sobre o mesmo lugar, circulando sobre sua impotência, vida a gemer por ser quem é, ignorada por meu pai, vida de pensar que meu pai a persegue e lhe quer mal, embora meu pai não queira nada dela, nada para ela, ele não a detesta nem a ama, somente a piedade o impede de partir dali, em seu barco à vela para dar a volta ao mundo, e ela sabe disso mas não faz nada, aliás ela já fez alguma coisa na vida além de suas ocupações e suas lamentações de larva?, paft paft das costas ao ventre e do ventre às costas, dobrando-se e esticando-se ao mesmo tempo no leito conjugal, morrer por ser uma larva sob as cobertas nupciais, a Bela Adormecida, nem bela nem adormecida pois, para dormir de verdade, de forma sã, dormir como dormem as mães tranquilas, ela teria que saber viver sem meu pai, e eu lhe digo que ela precisa dele para dormir ou para levantar ou para comer, precisa dele mesmo que ele não queira que ela precise, mesmo que, na viradela de um gesto que ele não lhe direciona, ela o siga com olhos de cadela que espera a hora do passeio.

E cá estou a ponto de chorar, eu mesma, fruto de uma aberração, de uma impossibilidade sexual que mesmo assim se sucedeu, e quanto tempo ainda será preciso para que minha cabeça se esvazie, para que se conforte com aquilo que a torna defeituosa?, e por que não explodi-la aqui mesmo com uma bala, cobrir com minha pessoa as paredes do quarto, alertar os vizinhos e forçar o prédio inteiro a submergir no caso de uma puta morta por detestar demais a mãe?, por que não arruinar para sempre o trabalho do cirurgião que reparou meu nariz, que aumentou meus lábios?, seria melhor que o próximo cliente me espancasse de uma vez por todas, que me fizesse ficar quieta já que eu não paro, e, mesmo que eu parasse, isso não acabaria aí, continuaria ainda mais forte por trás de meus olhos, no circuito de meu pensamento deturpado pela feiura de minha mãe, não, não é fácil morrer, é mais fácil tagarelar, rastejar, gemer, aliás minha mãe nunca impôs a si mesma a morte, e por que eu não sei nada sobre essas coisas?, sem dúvida porque é preciso força para cortar os pulsos, porque para se matar é preciso primeiro estar viva.

Eis por que vivo sozinha, por que não há homem algum em minha vida, por que não estou em casa esperando que ele chegue do trabalho, preparando-lhe o jantar, planejando as férias de verão, não, eu prefiro o maior número possível, a acumulação de clientes, de professores, de médicos e de psicanalistas, cada um com sua especialidade, cada um se ocupando de uma de minhas partes, contribuindo com o saudável desenvolvimento do todo, um único homem em minha vida seria perigoso, há ódio demais em mim para uma única cabeça, eu preciso do planeta, de todo o gênero humano, e, além do mais, o que eu poderia oferecer a ele?, absolutamente nada, o prolongamento de minha mãe, um cadáver que sai da cama para mijar, para exibir sua agonia no vaivém entre a cama e o banheiro, não teria nada a lhe oferecer e ele também não, ele poderia apenas me interrogar com o olhar, buscar em mim qualquer coisa a que pudesse se apegar, alguma coisa de cintilante que ele poderia notar de longe, como o duelo de mãos sobre as coxas de minha mãe, sua mania de rastejar expressa na ponta de seus dedos, sim, este homem estaria parado a um passo da porta, a ponto de ir embora a qualquer momento, ele me abandonaria mantendo-me presa *à expectativa de adiar sua partida*, e um dia seria para valer, seria o dia sem volta, o dia em que ele me abandona, e nesse dia o vazio que me habita aumentaria enormemente, um último golpe contra o nada que por fim rebentaria, encontrando um caminho e se espalhando para o mais longe possível, até os limites deste mundo do qual eu sempre me exilei, quase voluntariamente, para onde nunca fui convocada, a não ser por poucos clientes, quase nenhum, para lhes dar um prazer doloroso, como que arrancado de seus sexos fatigados.

E se eu amasse um homem a ponto de morrer com sua partida, não seria esse um amor de larva?, um amor que procuraria lugares sombrios e que se contorceria sobre si mesmo por ser tão pouco partilhável, e bem, sim, eu não sei amar com um amor verdadeiro, que não exige nada, que dá tudo, até mesmo a vida e não importa qual, uma vida plena e corajosa de um herói virtuoso, um amor de profeta, de velho homem sábio que não sabe mais ficar de pau duro, não, eu só sei amar com um amor de adeus, um amor de partida que você repudiaria de qualquer maneira, mesmo se você tentasse bastante e andasse com os próprios pés, eu te submeteria à imagem do que me foi dado, e é tão pouco o que me foi dado, você dirá, mas é o que tenho, um pouco não é nada, é o mínimo que se requer para viver, um esqueleto recoberto de carne e de alguns tapinhas nas costas para arrotar, algumas penteadas no cabelo e um novo vestido para a volta às aulas, e pensando bem eu não me lembro mais desse tempo de outrora, do bom e velho tempo das caixinhas

de leite condensado e da amarelinha, de primos e primas com
as calças arriadas atrás do galpão no quintal que riem ao se
perceberem como meninos e meninas, do tempo em que eu era
uma menininha, um pequeno ponto de tempestade no horizonte,
eu quase não me lembro, mas eu já era uma boneca suscetível
a despentear os cabelos, já começavam a apontar o dedo para o
que se sobressaía, as mãos na boca, os dedos no nariz, a mancha
de sangue na meia-calça branca, que saía do joelho machucado,
e de fato já não era somente para mim que apontavam assim, era
para o nada que cobriria minha pessoa de poeira, poeira de nada
que acabou tomando todo o espaço, o espaço do começo da vida
que eu deveria saber ocupar, e melhor teria sido se eu esfregasse
orgulhosamente a mancha vermelha no fundo branco da meia-
-calça na cara do acusador, melhor teria sido se eu fuçasse meu
nariz cada vez mais até esquecer da vulgaridade desse gesto,
transformando-o no contrário, na exploração de uma criança
que busca saber de onde ela vem, que toca o proibido daquilo
que compõe sua substância, mas como eu poderia ter feito de
outro modo?, eu mesma, que era alguém que só tinha olhos
para o que poderia me tornar preferível em relação a um outro,
alguém que é mais isso que aquilo, mais bonzinho que malvado,
mais bonito que feio, o que eu poderia saber sobre o bem e o
mal, sobre a beleza e a feiura?, eu mesma, que era alguém que
sempre trocou os pés pelas mãos, que sempre foi pega com a
boca na botija, eu mesma, que era alguém que chorava porque o
amarelo da minha jaqueta era amarelo demais, porque o menino
Jesus na árvore de Natal era grande demais para ser colocado
nos braços de Maria, porque a irmã que me ensinava piano,
exasperada com a minha lentidão para tocar as notas, virava as
páginas do caderno com toda a velocidade como se isso pudesse
acelerar o ritmo de meus dedos sobre o teclado, o que eu podia
saber?, eu não sei nada e continuo a não saber, sei apenas pensar
naquilo que o dedo logo apontará, na barriga que crescerá de
ano em ano, nos cabelos brancos que esconderei sob a tintura
e nas marcas que a cirurgia deixará em mim, e assim podemos
prosseguir, nos lábios pequenos demais, que se retirarão do
rosto para fugir de não sei qual ameaça externa, na pele que se

avermelhará sob um bilhão de vasinhos que estourarão no rosto, sim, é preciso dizer que a feiura é exatamente isto, a decomposição, a lista do que deve ser suprimido, as manchas que recobrem o rosto, o visível, aquilo sobre o que não se quer falar porque não é nada de particularmente chocante, a simetria das orelhas, os olhos azuis, os pequenos pés, as mãos de pianista, o umbigo no devido lugar, a cintura e os quadris que faço viajar em todos os sentidos sobre o pau dos meus clientes.

E você pensa, o que haveria por baixo da superfície disso que pode ser removido?, aí se encontraria a satisfação de uma pele inteiramente nova, um sorriso luminoso e um peito que inspira uma torrente de orações, obrigando o mundo a rastejar sob sua irradiação, aí se poderia ver um happy end com o sol se pondo, o céu atravessado de longos boás de plumas cor-de-rosa, ou então não haveria absolutamente nada, ainda menos que as veias e a assimetria, uma cratera mais funda que a decepção, a derrota da merda que não conseguiu se transformar em ouro e se tornou outra coisa, jamais vista, a desolação de um corpo desertado por si mesmo, uma charcutaria cujo nome é interdito, eu não sei nada mas isso não poderia acabar assim, certamente não, não ainda, o que aí encontraríamos sempre poderia ser removido, camada por camada, alguma parte do corpo a perder, a deportar, a anoréxica cavando sua barriga, cavando sua tumba, e não comece a pensar que há algo de excepcional nisto, não, milhões de mulheres fazem de seus corpos uma carreira, da alimentação uma arte, a maestria de suas bocas sobre pedaços de frutas tão pequenos que são de fazer chorar, e sobretudo a mensagem que elas lançam às outras, olhem para mim e vejam como vocês são gordas, olhem e vejam essas bundas caídas, isso que escapa pelos lados sacudindo com o ritmo da caminhada, que horror!, quanto peso é necessário suportar para existir!, geralmente as mulheres têm demais o que elas têm, elas são demais o que elas são, encravadas em seu sexo e no que é dito sobre ele, incapazes de reinventar suas histórias ou de pensar a vida para além das enquetes de revistas de moda, inesgotavelmente alienadas quanto àquilo que elas acreditam que devem ser, bonecas que gozam quando querem que elas gozem, bonecas que têm tal cintura, tal corte de cabelo, que não querem nada e que querem sempre mais, que se masturbam por qualquer razão e que nunca estão satisfeitas, que se preocupam somente em excitar os homens, sem outro objetivo na vida a não ser se olhar no espelho e se comparar com as outras, com suas bundas e seus peitos para verificar se são maiores, piores, falar dos homens e de outras bonecas, passar da cama ao cabeleireiro à maquiadora à academia à butique à manicure ao regime ao cirurgião ao strip-tease e mais uma vez à cama, ao dinheiro vindo dela, da putaria como objetivo, da fascinação por si mesma e da inveja das outras, enfim tagarelando sobre tudo isso, o cabeleireiro a maquiagem a ginástica para a bunda os seios pequenos demais ou caídos demais a butique a manicure o regime o cirurgião o strip-tease e a foda, sim, uma mulher é tudo isso, é só isso, infinitamente deprimente, uma boneca, uma smurfette, uma puta, um ser que faz de sua vida uma vida de larva que apenas se mexe para que outros a vejam se mexer, que age apenas para mostrar que age, e não acabou pois é preciso que ela seja a única de seu gênero para que fique feliz, a única smurfette do vilarejo em meio a cem smurfs, nem mãe nem filha de ninguém, pura coquete que existe apenas por seu coquetismo, a representante da raça daquelas que não são nem mãe nem filha, que só estão ali para excitar e continuamente se assegurarem de que elas podem excitar, para o grande prazer de todos pois os homens estão pouco se fodendo se são mães e filhas, eles querem poder foder todas, mesmo suas mães e suas filhas, eles querem poder pensar nelas como a smurfette que ri ao se ver tão bela e tão loira no pequeno espelho que ela sempre tem à mão por medo de ficar sozinha, sim, uma mulher é antes de tudo um sexo suscetível a excitar pois um sexo nunca é excitante por si mesmo, isso exige trabalho, trabalho de uma vida inteira, até a morte, pois mesmo velhas e repugnantes as mulheres se recordam do tempo em que elas não eram assim, quando elas podiam viver até a loucura suas vidas a rastejar sobre o próprio umbigo, a existência de se maquiar empinando a bunda, e o trabalho continua na lembrança que também buscamos maquiar.

E não comece a pensar que eu escapo a essa regra, sou uma mulher da pior espécie, uma mulher que brinca de ser mulher, que se assegura de que ninguém se esqueça da pequena calcinha vermelha que aparece furtivamente num cruzar de pernas, uma mulher que não é segredo para ninguém, não, tudo o que se passa em minha cabeça pode ser instantaneamente reparado em minha pele, o fluxo de minhas ideias se reflete de imediato em minha tez, meus pensamentos se espalham sem pudor, passíveis de remodelação, como a puta que sou, fantoche controlado por um fio que se move desde a extremidade de seu pau, e não se deve imaginar que minha infância foi o alicerce de um castelo magnífico de cujas torres se via chegar o inimigo e de onde se estendiam os limites de um reino a ser conquistado, com certeza não, trata-se antes de uma estrutura à beira da estrada que nunca conseguiu sustentar praticamente nada, a não ser a fragilidade de porcelana, a não ser o destino empoeirado, e de qualquer maneira há tanto a se pensar, tanto espaço vazio para preencher, há a silhueta da estátua de sal da Bíblia de meu pai que se desvanece pouco a pouco com o passar das estações, as estrelas mortas cujo fogo da explosão nos chega apenas três milhões de anos luz mais tarde, o formigueiro de japoneses em Tóquio, a visão acelerada da multidão estridente, algo visto bem lá do alto, lá do cume onde o King Kong pairou sobre a cidade, distante o suficiente do solo para reparar na lentidão de seus passos, a partir do ponto de vista daquele que foge, há a esqui- zofrenia de minha prima para quem as cores falam e o desprezo quanto à minha infelicidade perante a colisão das galáxias, perante a formação de buracos negros que pulverizam milhares de planetas, eis por que você não deve esperar de mim uma história, um desfecho, porque há tanto para se pensar que eu nem mesmo consigo falar, porque de minha parte posso apenas girar em torno da ideia de uma puta que cai de costas, ofere- cendo a possibilidade de um coito entre duas reuniões de negó- cios, abrindo as pernas até o Japão, até o último ponto do globo onde o dia é noite e a noite é dia, e esta puta pode ser eu mesma ou pode não ser, ela poderia ser qualquer outra, a imagem congelada de qualquer uma ou de qualquer coisa cruzando o caminho dos clientes, do pé calçado ao olhar voraz, do abandono da mulher embriagada à resistência da mulher que tem nojo disso, mas sim, é verdade que eu tenho particularidades, preferências, há coisas que amo e outras que detesto, e quando eu fodo, por exemplo, prefiro a posição de cachorrinho, cachorrinho muito sábio que fita uma parede suja enquanto por trás se unem os dois órgãos, dois sexos separados do corpo como se não tivessem nada a ver com uma vontade humana, comigo, com minha cabeça que se mantém o mais longe possível desse encontro que não me diz respeito, ao menos não pessoalmente, não é a mim que eles pegam nem mesmo a minha fenda, mas antes a ideia que eles têm do que é uma mulher, a ideia que se tem da atitude de um sexo feminino, mas isso pouco importa, pois na posição de cadela é mais fácil não os beijar, não ter vínculo algum com a invasão de suas pessoas na minha, e eles podem também me acariciar com suas mãos, adoro as mãos pois elas são mais secas, isso implica menos coisas e a cabeça pode ir para outro lugar, tagarelando, imaginando como deveria ter sido a saga da vida, ou ainda substituindo os suspiros ofegantes do cliente pelos do professor de filosofia, na frente de quem eu me sento como se ele fosse me revelar a verdade, ou pelos suspiros do psicanalista em cujo divã me deito como se ele fosse se unir a mim, enfim posso pensar em todos os homens que eu jamais encontraria em minha profissão pois eles não frequentam as putas, eles não, eles preferem os livros, gozar com palavras e conceitos, o espaço estelar da vontade de poder e do eterno retorno, eles não pensam em mim pois eu sou muito carnal, muito indecorosa, e quando falo é muitas vezes ainda mais constrangedor, eu sempre faço uma série de comentários incoerentes e inapropriados, a realidade deste corpo que se deseja, que faz tudo o que for preciso e que, no entanto, não é estável, nunca é a mesma coisa, de uma vez à outra, de um dia ao outro, um corpo que me lembra demais o de minha mãe larva e que eu tiranizo com o meu maior furor, repudiando-o com todas as minhas forças, fugindo dele como se eu pudesse acabar escapando.

*

Penso frequentemente em meus pais que um dia lerão estas páginas, quem sabe, e eles poderão ver nelas a revelação da minha putaria, minha vida de me vender aqui e ali para lhes provar que eu não vim deles, que permaneço estranha a tudo o que lhes concerne, que faço o que quero e sobretudo o que eles não gostariam que eu fizesse, dar-me aos homens, não importa a quais homens, desde que eles tenham como pagar e, aliás, o que eu poderia lhes comunicar senão a minha náusea, a minha oposição radical ao casal entediado que envelhece mal?, um fodendo com outras e a outra morrendo por não ser fodida, um envenenando o outro à medida que permanecem juntos sem poder fazer o que quer que seja de agradável, sem fazer nada que não seja decepcionante, como se eles ainda esperassem algo um do outro, o que não é verdade porque eles se desapontaram sem ter esperado nada, é ainda pior neste caso pois eles acabam se culpando por continuarem a ser exatamente os mesmos, cada vez mais os mesmos com o passar dos anos, obrigados a não quererem mais nada um do outro exceto o não responder e o não esperar, e seja como for eles não terão a força de me ler até aqui, eles não saberão reconhecer estas frases sem história que, no entanto, se parecem com as deles, e por que eu teria necessidade, afinal de contas, do reconhecimento deles, se este livro testemunha tudo o que me separa deles?, não, eu não quero que eles ocupem este território, que pisem sobre o que não chegaram a corromper completamente, esta parte de mim que lhes escapa pois eles não previram que pudesse existir mais de uma maneira de se viver o mal que é viver.

É melhor voltarmos ao essencial, ao tráfego de minha boca com inumeráveis paus impacientes para gozar e para recomeçar a se inquietar, e você não pode saber, a não ser que você mesmo seja uma puta ou um cliente, o que é afinal de contas uma grande probabilidade, você não pode imaginar o que é enfrentar um desejo que busca o seu quando você não o tem, ou ainda quando você não tem mais desejo pois ele está exausto, o clitóris se torna uma farpa com a insistência dos carinhos, a tirania do prazer que se quer dar e que recusa pensar que não é não, que não há sentido em fazer mais carícias, que nós podemos enlouquecer quando vemos com muita frequência o mesmo gesto se repetir, o suplício da gota d'água que obstinadamente cai no mesmo ponto, no meio da cabeça, você não pode saber o que significa todos os homens que não querem pensar que há um limite para o que uma mulher pode dar e receber, eles permanecem surdos ao fato de que ela tem um fim, ao fato de que ela também pode não ter nada a dar e a receber, eles não querem saber nada sobre o que eu morro de vontade que eles saibam, que há bem pouco de desejável neles, a não ser o dinheiro, e eles tentam esquecer que o desejo é mais que o tamanho de seus paus, é mais que isso, chupar de novo e de novo, chupar até a morte, eles não querem entender que é preciso tempo para que o desejo possa nascer, bem, mais tempo que o necessário para tirar o dinheiro da carteira, eles não compreendem que esse comércio só é possível graças a um pacto sobre a verdade, que não deve ser dita, mas na qual se deve crer, dentro da ilusão de desejar aquele que chega primeiro, mesmo sendo ele obeso ou estúpido, aliás, eles reparam apenas nas mulheres gordas, eles podem ser o que quiserem, medíocres e flácidos, um meia-bomba, enquanto a flacidez e as rugas nas mulheres são imperdoáveis, são completamente indecentes, não se deve esquecer que é o corpo que faz uma mulher, a puta é testemunha disso, ela carrega a tocha de todas aquelas que são velhas demais, feias demais, ela coloca seu corpo no lugar daquelas que não conseguem mais preencher as exigências dos homens, sempre ejaculando sobre a mais firme, sobre a mais jovem.

É verdade que eu sou injusta, que não é só isso, que existem outras coisas para os homens, a necessidade de chorar, por exemplo, de se sentir belo e bom, além do mais, eles dão muita importância para o tamanho do pau, se ele é suficientemente grosso e longo, eles também querem que eu goze a qualquer custo, e para meu bel-prazer, correm as línguas sobre mim como se eu fosse uma grande fenda, como se fosse normal fazer isso em uma mulher que se vê pela primeira vez, uma mulher que poderia ser a filha deles, nunca esqueçamos disso, e assim eles deixam rastros de baba em minhas coxas e, em seguida, eles olham para essas marcas como se tivessem saído de mim, molhadinha até os joelhos, meu amor, você adora isso, não adora?, e eu sorrio gentilmente para eles: continuem, meus queridos, não parem, e o que fazem suas mulheres durante esse tempo, entre as suas duas reuniões de negócio?, elas se curvam para o encanador e para o carteiro como nas boas e velhas farsas sobre a origem das crianças?, ou elas estão dormindo, como minha mãe?, morrendo sob as cobertas por serem pouco vistas, pouco tocadas, a pele da barriga que se afrouxa, as mãos que se cobrem de manchas marrons e que comem umas às outras?, e elas também deixam as filhas se encherem com o pau dos pais?, do papai querido e dos tios que se excitam quando elas se sentam sobre seus joelhos para brincar de cavalinho, os pequenos galopes de boa noite antes da última oração do dia, a flexibilidade da carne que não terminou de crescer e que se quer capturar no pulo.

Não gosto do rumo que tomou esta reflexão, há algo que não compreendo, que não posso compreender, não gosto disso, mas é sem dúvida preferível que eu me agarre a essa dúvida por não ter uma resposta que tenha sido dada antes da questão, a verdade dos insetos e dos ratos que nenhuma catástrofe extinguirá, a vida dos esgotos que sobreviverá à morte, a vitória do instinto sobre o que é bom, e o que é bom?, isso eu também ignoro, só sei chorar sobre o cadáver de minha mãe, enquanto meu pai caça mais e mais putas, uma após a outra, e um dia ele desmoronará sobre mim, sobre a carne da sua carne da qual tenho náusea pois ela está fadada ao esquecimento, e que ele afinal de contas retome esta carne para si, certamente ele tem mais vontade disso que eu, que ele a jogue contra a parede e que ele enfim me pegue, que isso termine logo, que termine de uma vez essa permanente tensão entre os pais e as filhas, e você pensa, como eles ousariam?, bem, ousariam da mesma maneira que os clientes ousam aqui, diante de minha putaria, nesse quarto onde meu pai logo vai acabar vindo, sim, ele virá mais cedo ou mais tarde com o pensamento de que talvez eu esteja atrás da porta, e eu, eu mesma abrirei para ele pensando que ele também está atrás da porta, e cada espectador, chocado, nos vê ali, nessa cena previamente imaginada, cujos papeis são o de puta e o de cliente, e nós vamos bater a porta com força enquanto gritamos escandalosamente, para onde vai esta sociedade onde as filhas são putas e os pais clientes?, há quanto tempo estamos assim, de mal a pior?, temo que desde sempre, desde que os pais têm um pau e as filhas um corpo fresco a ser oferecido e compartilhado com o mundo inteiro, o pai e a filha retomando suas vidas com a impressão de que um drama foi encenado, um drama previsto há muito tempo, tal como um fim de século, ela e ele, um de frente para o outro, pensando "eu sabia, eu sabia".

E você deve se perguntar, mas por que tudo isso?, por que não deixo esse comércio que denuncio e que me mata?, eu não sei, talvez por uma tendência natural que conservo de me despir e de me deitar a todo o momento, de suportar as carícias e de adorar tudo isso, quer dizer, sim, suponho que amo tudo isso, bem, se eu soubesse amar, sem dúvida eu amaria tudo isso, mas é também pelo dinheiro, eu creio, ainda não falei do dinheiro que enche minha vida de coisas que podem ser compradas, repinta-das e remanejadas, eu não lhe disse que com esse dinheiro posso cuidar de mim como eu quiser, a cada instante, lavar os cabelos infinitamente com um novo shampoo, recorrer a cirurgiões, cultivar esta juventude sem a qual não sou nada e este loiro que torna o meu olhar sexy, em primeiro lugar, há o dinheiro para cultivar minha juventude e, em seguida, a fascinação pelo que se repete, cliente após cliente, essa coisa que não admito e que coloco à prova todos os dias, esses homens que não estão onde eles deveriam estar e que se metem onde não têm o direito de ir, você deve saber que não foi com o primeiro cliente que me tornei puta, não, eu já era puta bem antes, do tempo de minha infância de patinação artística e de sapateado, eu era puta nos contos de fadas nos quais era preciso ser a mais bela e dormir perdidamente, eu sou uma smurfette que se afogou no espelho, no meio dos cem smurfs que de vez em quando vêm ao seu encontro para que possam se lembrar de quem ela é, eles me chamam entre duas aventuras, quando estão cansados de inven-tar suas vidas e de explorar territórios, quando estão cansados de sentar na parte mais alta da floresta para imaginar Gargamel caindo na gargalhada ao tramar o fracasso deles, é nesses momentos furtivos que eles olham para a smurfette, que por sua vez se olha, e pensam como ela se torna bela justamente por se achar tão bela, como ela se torna desejável por achar no espelho o traço absoluto de sua beleza.

*

Não devemos pensar que os homens são todos iguais, homens que se excitam invariavelmente todas as vezes, com movimentos semelhantes, pois entre eles se encontram dois ou três que resistem a mim, quero dizer que fazem isso de propósito, como se tivessem que se concentrar muito para de repente não falhar a qualquer momento, e entre eles se encontra o meu psicanalista, conheço bem o efeito dessa palavra na mente das pessoas: um velho apoiado em uma bengala, se distanciando e se aproximando de suas anotações para vê-las com seus olhos míopes, empurrando com o indicador os óculos sobre o nariz, dormindo no meio do relato de seus doentes, entediado por ter escutado em demasia que a culpa é toda da mamãe, um cômodo sombrio que cheira à loucura das pessoas que chegam para contar suas tristezas, livros mofados e gárgulas de pedras, enfim, uma ciência mórbida para pessoas doentes, e você teria razão de pensar assim pois é quase isso, e aliás, isso é previsível, da cama ao divã e do cliente ao psicanalista, tudo é quase a mesma coisa, um homem e uma mulher que pensam a todo o instante naquilo que eles não devem fazer, que não se olham muito, apenas na chegada e na saída, uma relação comercial entre mim, que falo da sequência de chupadas, e ele, o voyeur que, apesar de ser quem é, me assiste, dois pervertidos a ponto de se tocar, nos limites do perdoável, no equilíbrio entre o que se diz e o que não se faz, e assim olhamos para a única coisa que pode nos unir, meu mal-estar, meu destino de larva, e ele se junta a mim como para me proteger, mas no fundo ele não pode fazer nada pois estou muito perto da morte, e fazer algo levaria tempo, muito mais tempo para descobrir que o buraco é mais embaixo, seriam necessárias muitas palavras para amortecer minha queda, seria preciso que eu não fosse tanto eu mesma, tanto minha mãe, seria preciso que minha mãe se matasse, que ela pusesse fim a si para que eu pudesse detestá-la em alto e bom som e viver este ódio, acordá-la das profundezas das trevas, caluniando-a mais e mais, incitar uma revolta para que ela retornasse dos mortos e para que nos entrematássemos até que não houvesse mais nenhuma razão para uma querer a outra ou para uma amar a outra, até que nos tornássemos estrangeiras, desfiguradas, até que nossa memória se perdesse aos quatro ventos para que nunca mais uma pudesse desconfiar da existência da outra, isso tudo precisaria ser exorbitante, sem precedentes, é um recomeço que exijo e, no entanto, ninguém pode fazer nada, só se pode compreender aquilo que é necessário quando não há o que se fazer, eis por que nós sempre voltamos a isso, ao trabalho da sedução na narrativa de meu mal-estar, ao jeito que eu tenho de suspirar minha história como se eu estivesse em pleno acasalamento, meu jeito de definhar e de deixar definhar, de pagar enquanto desvio o olhar como se no nosso caso não se tratasse de dinheiro, de silenciar palavras que tomam o cômodo de tão silenciadas que são, que fazem aparecer aquilo que eu desejo infinitamente mas que amaldiçoo por não dever desejar, que pelo menos da perspectiva da análise não se deve desejar, e se não se deve desejar é principalmente porque se deseja, e quanto mais se deseja menos se deve, tal como meu pai e eu bateremos a porta um na cara do outro, batemos ainda mais forte porque sabemos quem está atrás dela, pois havíamos imaginado de diversas maneiras o encontro entre nossos dois sexos inacessíveis e no entanto tão familiares.

E será que eu deveria ter mais medo desse acontecimento que de todos os outros?, pois bem, eu não tenho medo, não, o que eu gostaria geralmente não acontece, nunca acontecerá, mas seria melhor que sim, que acontecesse, para me acordar ou me matar, para que alguma coisa finalmente comece, estou farta dessa possibilidade eternamente adiada, e eu não sou normal porque quero isso, todas as minhas amigas me dizem, quer dizer, se eu tivesse amigas, todas elas me diriam, não sou normal, mas não deixarei que ninguém tome também isso de mim, a anomalia de um desejo que poderia me aniquilar, não deixarei ninguém me impedir de desejar a morte porque é tudo o que tenho, bem, tudo o que quero, querer verdadeiramente é querer uma única coisa, sem alternativa, sem o compromisso que me lembra demais minha mãe, uma larva entre o sono e a espera para tomar forma.

*

Devo agora me lembrar de quando e como tudo começou, como pude pela primeira vez me entregar a um homem por dinheiro, creio que tenha sido sobretudo por dinheiro mas logo se tornou outra coisa, é verdade, já havia outra coisa por trás da necessidade de dinheiro: era sem dúvida a urgência de colocar um ponto final em minha virgindade, de forçar os homens a me possuir porque eu estava ali, eu mesma e não outra, eu ainda não sabia que era possível foder uma mulher pensando em outra, eu não conhecia a potência do imaginário em descartar a presença, aliás como eu poderia saber que é possível apegar-se a uma imagem, sempre à mesma imagem, apegar-se ao movimento dos dedos dos pés ou à ação de dizer palavras obscenas, desfrutar dos restos que não fazem parte do mundo dos vivos, uma meia de nylon, batom vermelho no colarinho branco de uma camisa?, como eu poderia saber que o rastro do que aconteceu pode ser mais forte que o fato em si?, e você não deve pensar que estou chocada, de forma alguma, tenho agora minhas pequenas peculiaridades, minhas bizarrices, hoje estou perfeitamente confortável com a incongruência daquilo que me vem à mente quando gozo, seios de mulher que saltam de um espartilho, suspensórios soltos, uma porta entreaberta em direção a um tio e sua sobrinha, hoje sei muito bem o que se passa na cabeça de meus clientes a ponto de me sentir preocupada quando eles se excitam, e logo em seguida já não sei de mais nada, parece-me que estou farta de saber, de compreender que estou ali por razão alguma, e que não estou onde eu deveria estar, a armadilha se fechou, eu não saberia dizer qual, o dinheiro talvez, relaxar sob as cobertas ou com um banho de espuma, perambular durante meses sem preocupação a não ser a de comprar novos sapatos, acariciar-me durante o dia todo esperando o próximo cliente, jantar no restaurante e me embebedar com outras putas que não são minhas amigas de verdade, mas apenas colegas de trabalho, eu e elas ligadas por uma camaradagem obscura, uma fraternidade baseada em tirar sarro do pau dos clientes, em piscar uma para a outra fingindo que não conseguimos parar de rir, como se fôssemos cúmplices, como se a cumplicidade fosse isto: o escárnio de uma puta para a outra debaixo do nariz de um cliente.

E não tenho mais a lembrança de minha antiga vida, não posso mais me imaginar diferentemente, tenho agora um nome a zelar, um endereço e uma reputação, sou uma puta de alto calibre, bastante requisitada, posso viajar aos países do Sul com brancos que se abanam com notas de dinheiro, clientes que pagam por tudo sem esboçar uma reação sequer, justamente para exibirem a superioridade dos Brancos, para mostrarem que tudo pode ser comprado, as mulheres e a miséria dos outros, que eles tenham o dobro de minha idade não impressiona mais ninguém, na praia as pessoas de imediato sabem do que se trata, e eu percebo na maneira pela qual elas não nos dão atenção, aliás sempre me pergunto o que pensaria minha mãe se me visse assim, na praia, com um homem da idade dela, ela não pensaria nada pois ela não percebe este tipo de coisa, contrastante e improvável, além do mais ela não chegaria até ali, até a praia, é longe demais, faz calor demais e tem que tomar um avião, tem ainda o câncer de pele e tudo o mais, o risco de comer a uma hora diferente uma comida diferente, mesmo que eu esteja a cem mil léguas de distância de sua vida de larva, ela não pensa nisso e eu também não deveria pensar, mas é mais forte que eu, ela deveria estar aqui, não eu, ela deveria ser jovem e bela ao menos uma vez para que pudesse voltar para a cama com este momento e repensá-lo demoradamente, revisá-lo de novo e de novo até que sua vida se reduzisse a este único instante de sol e de praia em que sua pele não precisaria mais de maquiagem, em que sua boca não seria apenas um risco, mas antes uma boca verdadeira que pudesse sorrir um sorriso verdadeiro, para todo mundo ver, em que seu corpo não mais fosse ocultado e se tornasse uma ponte entre ela e os demais, entre a sua vida e a de meu pai.

E que eu seja identificada como puta na praia não me incomoda nem um pouco, a sutileza e a discrição do meu métier não me constrangem nem um pouco, mas talvez constranjam os clientes, quer dizer, isso poderia constrangê-los se eles soubessem como sentir vergonha por ter substituído a sedução por dinheiro, mas talvez eles gostem de exibir mais uma vez seu poder de compra, talvez eles queiram que minha juventude desfile perto deles porque pagam caro por ela, ou talvez eles realmente creiam que as mulheres possam amar qualquer um que se coloque em seu caminho, tal como um gatinho cheio de ternura, pronto a se oferecer ao primeiro que aparece, bestas que não sabem nada sobre a feiura e sobre a bestialidade, e eles teriam razão de pensar assim porque é quase isso, mas estou sendo injusta de novo, não é tão lamentável assim, quer dizer, as mulheres, as putas e as smurfettes, a inércia e a fraqueza, toda esta flexibilidade que dá náusea, existem mulheres fortes e ativas, todo mundo dirá, todo mundo as conhece, que bom para elas e para vocês que as conhecem, no fundo, sou eu que estou doente, que não sabe aplaudir aquilo que não sei ser, forte e ativa, e não é problema de vocês se olho o mundo da cama de minha mãe, do fundo de seu miserável sono de mulher que espera pelo que nunca acontecerá, o beijo de um príncipe encantado que teria atravessado as florestas de espinhos para juntar-se a ela, que teria feito de sua vida um caminho em direção a ela, mas ele nunca viria pois ele não existe ou não a quis, ele não existe mas é melhor que ela pense que ele morreu na estrada, em algum lugar perto de plantas vorazes, seria melhor dizer a minha mãe que ele está agora preso entre os juncos, que depois de tanto tempo ele se encontra espalhado pelos quatro cantos do reino para que ela então possa morrer imaginando que foi loucamente desejada por alguém, que seu fracasso de viver não tem nada a ver com ela mas com o destino de um outro, o destino de ter-se perdido por conta dela, a Bela Adormecida morta por ter dormido tempo demais.

E eu não durmo, não posso dormir, como eu poderia dormir com ela sobre meus braços?, quando penso nela, só consigo ter raiva por ela dormir assim, obrigando-me a viver duas vidas, a minha e a sua, obrigando-me a fazer tudo o que ela não soube fazer, com meu sexo que viaja pelo mundo, com meu corpo que poderia carregar uma criança de cada nação, e você então pensa, isso serve para quê?, esta maneira de multiplicar os coitos como se aí estivesse o sentido da vida, ela estaria satisfeita com a vida que vivo por ela?, ela saberia se deliciar com um excesso que lhe é estranho e com o fato de ter vivido para isso, para mim, para permitir que eu me arraste de cama em cama e reencene mil vezes o momento da despedida, para me deitar e logo em seguida, ou pelo menos quase, me levantar?, com tempo apenas para algumas carícias, é preciso deixar a cama antes que o seu sono me alcance novamente, deixá-la para não voltar mais, pois com os anos será perdida a memória do amor duradouro, ela terá tomado a forma de minha partida, e neste dia poderei dizer que consegui, terei gasto toda uma vida para realizar esta proeza, deixar milhares de homens, esquecer seus nomes a tempo de sair da cama.

*

É difícil pensar em cada cliente, um por um, pois eles são numerosos demais, parecidos demais, são como os comentários na internet, indiscerníveis na sucessão de latidos de onde respingam as babas de suas exclamações, she has such a nice ass but she has fake boobs, além disso todos eles têm quase o mesmo nome, Pierre, Jean e Jacques entre os francófonos, e Jack, John e Peter entre os anglófonos, e afinal, não quero pensar neles dessa forma, quero dizer, não quero pensar em cada um deles individualmente, já perco tempo demais fazendo com que eles gozem e isso não serve de nada, exceto para lhes confundir um pouco mais e para me dar náuseas, prefiro acreditar que se trata sempre do mesmo homem, de uma mesma figura de homem sem origem e sem destino, que apareceu ali atrás da porta e saiu de parte alguma, quero acreditar que se trata sempre do mesmo

pau que masturbo sempre da mesma forma, e quando volto
para casa à noite eu só lembro do dinheiro, digo a quem quiser
ouvir que hoje ganhei muito dinheiro, então conto as notas, uma
por uma, várias vezes, para me impregnar deste dinheiro que
apareceu ali de repente, saído de parte alguma, cento e setenta e
cinco mais trezentos e vinte e cinco dólares, é preciso calcular de
novo e de novo até que reste apenas uma cifra que em seguida
decomponho em uma multiplicidade de coisas a comprar, um
novo vestido de verão acompanhado da bolsa da moda, a nova
paleta de sombras da Chanel à venda no shopping Eaton, as
unhas que precisarei colocar e o esmalte para pintá-las, as flores
para enfeitar a sacada e o fertilizante para fertilizá-las, veja você,
eu tenho dois dias para não me lembrar de Pierre, Jean e Jacques,
dois dias para tirar da cabeça Jack, John e Peter, dois dias em que
pensarei apenas no dinheiro e no que há para comprar, como se
eu estivesse morrendo de vontade de comprar, como se o vestido,
a maquiagem e as flores fossem capazes de substituir tudo o que
tenho para esquecer.

Mas às vezes isso está além das minhas forças, quero dizer,
esquecer, reduzir os clientes a um único homem para em seguida
reduzi-lo ao pau, às vezes eles tomam muito espaço, eles e suas
manias, esquecemos que eles têm um sexo quando os vemos
doentes, queremos chorar com eles pois é a única coisa que
convém fazer, e em momentos como estes não penso mais no
dinheiro, não podemos pensar no dinheiro nesses momentos,
podemos pensar apenas que nunca mais seremos capazes de
esquecer tudo isso, a miséria dos homens ao amar as mulheres
e o papel que nós exercemos em tal miséria, a carícia do desespero que eles nos direcionam e o quarto que se fecha, e eu,
eu mesma digo que mesmo fechando os olhos bem forte para
que façamos apenas isso, mesmo fechando os olhos para tudo,
mesmo fugindo para longe durante toda a vida, nada nos fará
esquecer a devastação que uniu a puta ao cliente, nada nos
fará esquecer a loucura que é vista tão de perto que não podemos mais reconhecê-la, pelo menos não de imediato, somente
no momento em que nos encontramos sozinhas, quando não
sabemos deixar de pensar a respeito disso tudo, como na vez em

que a porta se fechou sobre Michael, o cachorro, um homem de um metro e oitenta que queria que eu esmagasse seus olhos com os polegares, não sei nada sobre ele porque ele nunca falou comigo, e, pensando bem, ele precisaria de muito tempo para me contar a história das conexões que explicam por que ele goza com o desprezo que lhe direcionamos e se masturba ao fantasiar a crueldade das pessoas que lhe chutam, não é à toa que o chamamos de cachorro, como esquecer esse homem que late e geme como um animal, que quer que batamos em sua cara gritando para que ele não goze, eu não te disse para não me olhar?, cachorro, abaixa os olhos e lambe isto!, pega aquilo!, você vai ver só!, e que cachorro-larva é esse que se excita apesar dos tapas e chutes cada vez mais fortes, apesar do absurdo que é ficar de pau duro com a dor e com a vergonha de me fazer ver (logo eu, a puta) o mais triste dos espetáculos, a devoção do escravo a seu mestre, e então o quê?, como não execrar a vida depois de nos afastarmos desse quadro?, como não procurar aquilo que se esconde atrás dos ternos de todos esses homens que lá fora atravessam a rua para ir ao trabalho, balançando nos braços pequenas pastas executivas que dão um ar sério à sua caminhada?, como não sentir náusea das instituições e dos edifícios empresariais, enfim, de todo o sistema de cachorros que fingem ser homens de negócios?, e se um dia eu cruzasse com eles lá fora, no mundo real, fora deste quarto, eu desviaria por medo de não encontrar neles nada de anormal, por medo de não reconhecer neles a marca da loucura, por medo de eu mesma ter me tornado um pouco louca, sim, pois não é preciso ser louca para bater nas pessoas simplesmente porque elas te pedem?, não é preciso ser larva para praticar assim a putaria, com os cachor-ros, topando tudo e ignorando que em todos os outros casos sou eu a cadela, a devota de larva que geme porque lhe pedem e que abaixa a cabeça quando lhe dão dinheiro?

E por que não posso manter a cabeça erguida e desafiar o cliente com minha insolência?, por que não contar e recontar na frente dele as notas de dinheiro para tornar sua presença inoportuna, para dar a entender que nunca me rebaixarei ao julgamento que ele carrega em seu olhar, nunca me rebaixarei ao nível desse animal rastejante e servil que só tem força para se curvar e fechar os olhos?, eu não sei, e, se abaixo a cabeça, é para não encarar aquilo a que sou reduzida, e que tampouco conheço, talvez porque tudo sempre está prestes a recomeçar, porque desafiar três mil homens dia após dia só serve para me esgotar inutilmente, porque é melhor renunciar o mais rápido possível e se curvar logo para acabar com essa luta sem fim de que eu não quero participar de jeito nenhum, e por que eles próprios não se sentem miseráveis ao pagarem por isto, somente por isto, para serem chupados como se as putas vivessem apenas para se colocarem de joelhos perante qualquer um que as conduz da cama ao espelho e do espelho à cama, como se chupar remetesse necessariamente ao dinheiro?, bem, eu não tenho respostas pois não é possível saber o que quer que seja quando as questões colocadas não são questões verdadeiras, quando elas não se direcionam a ninguém ou se direcionam a pessoas demais ao mesmo tempo, e talvez eles afinal de contas sejam mesmo miseráveis, embora não seja importante saber se são ou não, os que pagam serão sempre maiores que os que são pagos para abaixar a cabeça, e não é por culpa minha, é uma lei da natureza, a nós só resta observar o confronto entre os lobos, entre lobos e leões que não sabem nada a respeito do juízo que os difere de acordo com seus respectivos pontos de vista, eles não sabem o que o instinto lhes impõe, inflar o peito quando vencem e se esconder quando perdem, o pau que se faz notar ou que desaparece entre as pernas, somente os animais sabem ser honestos, eis a verdade, todo o resto não é nada além de palhaçada e religião, um consolo que nos concedemos para não morrermos de verdade.

E estes três mil homens que desaparecem atrás de uma porta ignoram tudo o que eu tive que construir para me exorcizar de suas presenças, para guardar deles apenas o dinheiro, eles não sabem nada sobre o meu ódio porque não suspeitam dele, porque eles têm apetites e isso é tudo o que importa, porque apenas isso deve ser compreendido pois no fundo a vida é muito simples, desesperadamente fácil, aliás eles devem alternar, voltar à função de presidir reuniões, à forma de pai e, às vezes, quando estou sozinha e nada acontece, permaneço imóvel na cama escutando os barulhos da vida que se anima no prédio, das panelas que se batem na cozinha do vizinho, dos jatos d'água jogados de um lugar indeterminado, de um canto qualquer lá embaixo e à esquerda, escuto o trânsito e as buzinas na Doctor Penfield com a consciência de que não é possível que não me escutem, a voz de uma mulher que goza pode atravessar todas as paredes, alcançar a porta de entrada, minha voz deve chegar à rua para então se perder na cacofonia urbana, para morrer entre duas buzinas, e na certeza de ser escutada pela vida que se anima nos arredores eu começo a falar bem alto, como fazem as pessoas loucas, falo de tudo e de nada sem parar, para que não tenham buracos entre as palavras, para que pareça que estou rezando, e é preciso que as palavras desfilem umas atrás das outras a fim de que não se deixe nenhum lugar para o que não vem de mim, falo como escrevo, sentada sobre a cama, perante as cortinas que cobrem as janelas, contorcendo-me, encarando as paredes, os lençóis, a poltrona, a mesa de cabeceira, o mofo no chão, eu me volto a tudo o que há aqui sabendo que isso não serve de nada senão para falar sem parar, isso não serve para nada mas é preciso se distrair para não morrer do golpe deste silêncio ensurdecedor, dizer tudo várias vezes seguidas e sobretudo não ter medo de se repetir, duas ou três ideias são suficientes para preencher uma cabeça, para orientar toda uma vida.

Quando eu era pequena, eu era apaixonada pelo cosmos e pela Antártica, pela Groelândia cuja superfície ocre se destacava em meu globo terrestre, que meu pai me deu quando ele me confiou o segredo de que gostaria de ter sido marinheiro para viver em alto mar e para se deixar levar pelo vento, sem família para sustentar, e sentada no chão da biblioteca da escola primária, folheando revistas entre duas estantes de livros, eu chorava por essas paisagens frias e filamentares, impiedosas, eu pensava que isso tudo era demais, por que a beleza sempre se coloca tão longe da presença dos homens?, por que ela só aparece na ponta da lente de um telescópio ou em zonas do globo onde, para se viver, é preciso se habituar por toda uma vida?, e eu me via nesses lugares, flutuando no rosa de uma poeira cósmica ou no azul turquesa de uma fissura onde microrganismos fizeram um ninho há dois milhões de anos, imaginava um pequeno planeta que teria o meu nome e que eu poderia percorrer por inteiro em um minuto, um planeta cinza coberto de crateras lunares fofas onde plantaria rosas, eu me via envolvida por peles de lobos, atravessando a eterna brancura das regiões polares, os imensos blocos de gelo que algumas vezes se rompem no verão, e o que haveria de tão surpreendente nesses lugares?, por que eu me demorei ali e não em outros lugares?, sem dúvida porque as cores não eram compatíveis com a vida, porque esses locais eram estéreis, eis o que me seduzia acima de tudo, a impossibilidade de se reproduzir ali, de ver uma mulher e um homem se amando ali, de fundar uma família ali, um vilarejo, uma nação, eis o que é a potência, a verdadeira, aquilo que sobrepujou a obstinação dos homens em se instalar, em habitar os lugares, e quero acreditar que sempre será assim, o cosmos e as regiões polares, quero acreditar que a aridez superará o resto, e se tenho horror às multidões, ao enxame humano e ao ruído das vozes nos anfiteatros, se desvio o olhar dos fenômenos de massa, é talvez porque sempre tenham me dito repetidamente que eu era apenas uma poeira na imensidão do universo, um punhado de moléculas cuja esperança de vida é derrisória, uma centelha que não mudará em nada as consequências do Big Bang, e deitada sobre a relva, contando as estrelas com as crianças da vizinhança, tentando identificar a Ursa Maior, eu disse a mim mesma que, se sou uma poeira, ao menos serei longe das outras poeiras que se aglomeram, longe da agitação e do desespero para se descobrirem poeira, e desde o dia em que me levaram para a escola com uma mochila vazia nas costas, desde o dia em que compreendi que existiam no mundo milhares de crianças como eu, chorando sem constrangimento pelo giz de cera porque centenas de outras crianças já os haviam reduzido aos restos que devem ser descartados, eu soube que ou eu, ou eles, que eu não precisaria mais amar os livros e as pessoas pois deles havia demais, e que eu deveria fugir desse demais, se possível reduzi-lo a nada, pois ele poderia ocupar todo o espaço fazendo com que eu esquecesse de alguém, de quem não sei mais, veja, eu sou sempre a primeira a fazer essas coisas, partir e esquecer, e não deixarei ninguém me prender à cama, para sempre, não vou lhe falar de minha mãe, fique tranquilo, não tenho mais a intenção, já estou longe de seu mundo de sono e de camas, devo agora perseguir meu pai em seu vaivém entre o trabalho e a casa para me assegurar de que ele é parte de sua espécie, de que ele é da mesma natureza daqueles de quem tiro um sarro quando estou à mesa, ridicularizando-os com uma piscadela que não lhes direciono.

Meu pai é religioso, vai à igreja e coloca Deus em tudo, a maldade dos homens o preocupa diretamente, aliás ele nunca se cansa disso e se surpreende a cada vez, age como se estivesse surpreso, mas eu sei que ele já esperava por isso, que ele só tem ouvidos para as más notícias na televisão e nos jornais, o mal-estar do mundo o faz falar e ele me irrita pois ele se repete, delira, e de qualquer maneira o discurso sobre a guerra não me interessa, é vasto demais, está longe demais da minha coleção de lingerie Lejaby, a guerra não me interessa, exceto as valas comuns que vi se esfumaçando sob o céu africano numa reportagem sobre Ruanda, centenas de milhares de corpos amputados a facão, isto não pode ser esquecido, nem mesmo por mim, que esqueço de tudo, e os cadáveres deste país já não podem mais se chamar cadáveres tão rápido se decompõem, tão forte a natureza nesse lugar que recobre tudo, os cogumelos que crescem num relance e a merda que se torna flor, esta é a lei da selva, a vida que retoma o seu lugar e o seu aroma, o vermelho do sangue sobre o negro da pele, a selvageria das cores nas pinturas fauvistas, o massacre dessa gente estranha em um país de cólera e de facões, eu não posso compreender, eu que estou apenas preocupada com a minha silhueta de smurfette, minha esbelteza de puta que se maquia antes do café da manhã, além disso a política e coisas desse tipo não são assuntos à mão de um pai como o meu, isso tudo é complicado demais e exige esforço, é preciso saber esquecer de Deus quando se encara o mundo de frente, e meu pai, sobretudo ele, quer acreditar que todos os homens, Negros e Brancos, são doentes por poder, egoístas e sem compaixão, ele adora pensar que nós vivemos sob o reino do mal, e o que mais?, que a vida aqui embaixo jamais será uma vida, antes uma provação, uma luta implacável contra milhares de vícios que devem ser denunciados, sim, é preciso sofrer intensamente ou a ideia do paraíso será menos bela, e quanto mais sofremos, mais temos provas da estupidez dos outros, dos homens e de seus desejos sujos, e quanto mais sofremos por conta da estupidez, mais possível se torna o paraíso, e por que nós temos um sexo se é para nos servirmos dele assim?, um sexo que se paga por uma eternidade para nos queimar vivos, para queimar enquanto despenco infinitamente, um corpo que se regenera nas chamas, simplesmente para que possa continuar a queimar, eis a verdadeira tortura, a pele que permanece virgem pois ela não carrega a marca da queimadura de outrora, despencar nessa eternidade que mais parece um cercado de madeira, sem poder fugir, morrer sem parar, mas jamais até o fim.

Mas não tenho certeza se meu pai realmente acredita nisso tudo, na eternidade da tortura e na beatitude, aliás se ele acredita ou não, não tem importância alguma já que é das histórias que ele me contava antes de dormir que eu me lembro mais, o Bezerro de Ouro e o Mar Vermelho, que eu imaginava vermelho, Sodoma e a estátua de sal às suas margens, uma mulher que morreu ao se voltar em direção à cidade em chamas, uma imagem tão bela no excesso da punição, uma mulher instantaneamente transformada em estátua, transformada por inteiro em mineral branco, eu me perguntava constantemente o que teria sido dela após a cidade ter sido arrasada, no dia seguinte, diante do que aconteceu, ela foi transportada e conservada como uma obra de arte ou foi deixada ali sozinha?, a silhueta que se achata com o vento até se tornar nada além de um amontoado de pó inútil, quem sabe?, a história não diz, a história não se interessa por esse tipo de coisa, destino após destino, e se meu pai também não se interessa, ele ao menos me preveniu contra a desobediência, me ensinou o temor das mulheres de comer o fruto proibido, ele também me contou que não se sabe por que essa mulher não devia se voltar em direção à cidade, mas que ela o fez mesmo assim, eis o que deve ser compreendido, que isso não passava de uma provação para ver até que ponto ela se importava com a vida, até que ponto a sua natureza materna a afastaria de Deus, mas papai, perguntei, eu também serei transformada em uma estátua de sal?, Deus também me colocará à prova?, não sei, minha filha, mas você deve sempre ser boa e pedir perdão, sempre, perdão àqueles que você ofendeu, perdão por ter mentido, roubado, matado, perdão por carregar em você uma mancha indelével, a mordida da serpente, é preciso dizer que meu pai adorava me falar de serpentes e de Maria, mãe de Deus, em pé, ao lado de um pequeno globo terrestre, o pé direito sobre a cabeça de uma serpente negra, mas por que ela está descalça?, eu o perguntei mais uma vez, a serpente não irá picá-la?, seriam necessárias botas de couro para se proteger, e toda a noite eu rezava com as mãos coladas à boca, meu Deus, faça com que eu seja boa, que meu pai me ame e que eu seja boa, proteja a minha família, e o que mais?, está tudo tão distante de mim e, de qualquer maneira, eu jamais rezaria de novo, tenho vontade de rir quando penso nisso, meu Deus faça com que eu seja boa, dê-me coragem, perdoe-me por minhas ofensas e faça com que meu pai creia que sou boa, tive que repetir essa frase durante dois anos porque ele me pegou nua com um garoto que procurava com as pontas dos dedos o buraco que há entre minhas pernas, fechei meus olhos de dor, e foi nesse exato momento, quando eu não queria mais, que escutei a voz de meu pai, uma voz de fim do mundo que pronunciou meu nome, e desde então a vida nunca mais foi a mesma, desde que a visão de meu rosto contorcido se instalou entre nós, eu tinha dez anos ou um pouco menos quando isso aconteceu, foi portanto com dez anos que cometi a minha primeira ofensa, que deixei de ser a filha de meu pai, e era dia das mães, lembro-me do calor que fazia lá fora, a vergonha e o sol de maio se reuniram para me encontrar nesse dia, eu deveria ter ficado com ela, manifestando minha felicidade por tê-la como mãe, eu deveria ter ficado com ela mas escolhi o garoto pois nessa idade eu já preferia os homens à feiura, eu era aliás muito bonita nessa época, a puberdade ainda não havia feito seus estragos e eu não pensava em emagrecer, eu já tinha um sutiã que eu enchia com lenços, dois em cada bojo, pois na pressa para me tornar uma mulher eu não acreditava que fosse possível que meus seios não pudessem ter o mesmo tamanho, eu não sabia que crescer tinha um peso que não poderia ser igualmente repartido.

Quando eu era pequena, eu era a mais bela de todas e me chamavam de Olhos Azuis, olha esses olhinhos azuis chegando, olha esses olhinhos azuis chorando, eu era um belo sonho que nos deixa nostálgicos durante o dia inteiro até a noite seguinte, e durante o dia inteiro nós pensamos sobre o sonho dizendo que seria melhor não ter acordado, que no sonho o desenrolar das estações estava mais próximo daquilo que desejamos, que a vida deveria se parecer com o sonho e não com outra coisa, em vez de se parecer comigo e com qualquer coisa que caia sob minhas mãos, como o pau de meus clientes, sim, sei muito bem, a ligação é simples demais, bastam uma mão e uma boca para que se encontre também um pau, mas não sou eu que decidi, esta é a vida dos homens e das mulheres, e não a vida do sonho, tampouco a vida do meu sonho, no qual sou tão bela que ninguém consegue desviar os olhos de mim, sou tão bela que é absolutamente impossível me esquecer mesmo que eu tenha sido vista apenas uma única vez, eu assombro para sempre o espírito das pessoas graças à minha beleza inigualável, os olhos verdes que brilham sob os cabelos escuros, quase pretos, a testa alta e o nariz pequenininho, as bochechas salientes, os lábios rosados e carnudos que tomam a metade do rosto, lábios que imediatamente temos vontade de beijar, que sorriem um sorriso fatal, uma mulher em nome da qual todos os homens instantaneamente deixariam suas mulheres, uma mulher que poderia escolher qualquer homem da face da terra e que teria um destino, um verdadeiro destino de não poder ser outra a não ser ela mesma, a mais bela e a mais desejável de todos os reinos, e cada um pronunciaria meu nome várias vezes ao dia, os homens que eu preferiria seriam aqueles que me odiariam por aprisioná-los, por lhes tirar o desejo de voltar os olhares para outros lugares e de amar outra mulher, e neste sonho eu também teria uma irmã parecida comigo, nós seríamos gêmeas inseparáveis, ela teria sucesso onde eu fracassaria e vice-versa, cada uma de nós teria suas próprias forças e fraquezas porque é preciso saber permanecer humano mesmo nos sonhos, seríamos adoráveis e impiedosas, jamais nos trairíamos e, se assim fizéssemos, logo nos reconciliaríamos em meio a lágrimas de arrependimento, em meio à alegria de nos reencontrarmos mais uma vez unidas por um vínculo que ninguém saberia destruir, nem mesmo um homem, porque nós nunca brigaríamos por eles, não, uma seria o espelho da outra, espelho no qual nos reconheceríamos mutuamente, seríamos ao mesmo tempo uma e outra, a mesma mulher se duplicando até conquistar o mundo.

Às vezes falo do meu duplo ao psicanalista, de minha mulher maravilha que toma os meus pensamentos desde sempre ao que me parece, falo de minha irmã mágica para quem imaginei outra irmã a fim de que ela não se aborreça quando o dever me chamar em outras paragens, na universidade ou aqui, neste quarto onde recebo os clientes, dei a ela uma irmã como se dá um espelho aos periquitos, para que ela possa suportar a estreiteza de sua gaiola, para que ela tenha uma vida social na solidão de minha cabeça, e pensando bem tenho um duplo desde que a vida me fez compreender que uma outra deveria estar aqui onde estou, uma outra indestrutível vinda para me lembrar que eu não tinha a genialidade que me atribuíam e que minha determinação no trabalho nunca suplantaria a falta de jeito dos meus dedos sobre o teclado do piano, e às vezes quando espero por um cliente ou quando a aula da manhã me entedia, conto para mim mesma a história de uma grande família de mulheres satisfeitas por um único homem, conto a história de uma mãe e de suas duas filhas, uma mãe que seria a filha de um homem com o qual ela teria suas próprias filhas, imagino as duas filhas carregando a criança deste homem que seria ao mesmo tempo o pai da criança e o pai da mãe, e as duas filhas logicamente trariam ao mundo duas netas, duas cada uma, as quais futuramente seriam esposas do próprio pai, sete mulheres transmitindo por três gerações a peculiaridade de serem uma por todas e todas por uma, ao mesmo tempo mães e irmãs e filhas, elas formariam um clã indivisível e a semelhança entre elas seria temível pois ninguém poderia diferenciá-las, por todo o mundo elas seriam o objeto de um culto amoroso, elas seriam veneradas pelos homens que brigariam uns com os outros para participar deste milagre, para ser o próximo genitor, o pai de uma linhagem de filhas-esposas, de mães-irmãs, e este pai eleito por elas não as reconheceria, não, cada uma guardando no fundo de si o segredo da identidade de sua prole, e eu não sei por que penso nisso, eu teria perdido metade da minha vida desejando estar ali, inserida nesta família, para quem a fraternidade seria um negócio de irmãs, e o que você pensa sobre isso, senhor psicanalista?, isso deve parar?, é preciso que eu ocupe o meu lugar entre as outras e não que eu tome o lugar das outras?, compreenda-me, não sou mais responsável pela proliferação delas, elas me colonizaram tão profundamente que o seu desaparecimento me esvaziaria de vez, meu corpo ficaria reduzido aos órgãos, e se um dia eu tiver uma filha, eu a batizaria de Morgane, fundindo nela morgue e órgão, eu daria a ela um nome que carrega em si mesmo o peso da vida e a frieza da morte, mas não se incomode pois eu jamais terei uma filha, é demorado demais, carnal demais, leva tempo demais para dilatar e para contrair, é melhor imaginar o alargamento de minha pessoa em meus próprios fantasmas, imaginar mulheres que se multiplicam com um toque de varinha, em um passe de mágica, e para silenciá-las é preciso que eu corte minha cabeça, que os homens não virem mais o olhar para as mulheres na rua e que as mulheres se desfaçam de seus espelhos, que exista apenas um único sexo ou que todas as mulheres se suicidem com um único golpe de desgosto, seria preciso que presenciássemos coisas bastante improváveis, então continuo a sonhar pois é preciso antes de tudo se adaptar à realidade.

*

Antes de meu nascimento, meu pai já levava uma vida de homem, nesta época ele era muito mais jovem, acabava de completar vinte anos, é preciso dizer que é bem mais fácil ter uma ereção quando se é mais jovem, esquecer Deus tempo suficiente para ejacular, e ele já dava a entender à minha mãe que ela não era a única mulher de sua vida, que ela jamais poderia ser, pois o que podemos fazer perante a multidão de mulheres a amar?, o que podemos fazer perante os seios delas, que se exibem como se fizessem parte de um espetáculo, seios que balançam no ritmo da caminhada e que continuam a chamar a atenção até se perderem de vista?, pois bem, a única coisa que queremos é tocá-los, trazê-los para perto de nós a fim de observá-los detalhadamente, como fazia sem dúvida meu pai na fábrica de roupas íntimas onde ele trabalhou durante alguns anos, onde, ao que tudo indica, ele fazia com que as costureiras desfilassem diante dele de roupa íntima para que ele pudesse controlar a qualidade das peças, ajustar aquilo que estava muito apertado ou pouco apertado, com a ponta dos dedos, imagino, apertar as alças e traçar o bordado, soltar alguns pontos para fazê-los ceder e manter-se reflexivo perante o resultado, meu pai era encarregado de controlar a qualidade das roupas íntimas, foi minha mãe quem me disse, ele era o representante de vendas, eis por que ele viajou tanto para fora do país, a maleta cheia de amostras, e isso não era tudo, pois ele oferecia dinheiro para as manequins provarem as peças, algumas se prestavam melhor a essas provas do que outras, as mais belas e as mais jovens sem dúvida, enfim, aquelas que ele deveria paparicar mais do que as outras, aquelas para quem amamos fabricar peças íntimas com armações e com rendas, um tecido transparente que deixa os mamilos à mostra.

Bem antes de meu nascimento, meu pai já tinha deixado minha mãe, minha mãe já se deixava morrer, e ela pudera como as outras se prestar a esse tipo de exercício, desfilar perante os homens para excitá-los, aprender da melhor forma possível a se despir em qualquer lugar e a permitir que todos deslizem os dedos sobre seu peito e sobre outras partes e, desse modo, assegurar-se de que nunca faltaria um olhar voltado a ela, sim, teria sido melhor se ela tivesse se tornado puta, mas eu invadi a sua juventude quando para ela ainda havia tempo de ser bela, ela se encheu de mim sob a barra das saias que a tornavam mãe, e agora que ela era mãe, não podia mais ser a puta de ninguém, ela merecia respeito por ter gerado uma vida e creio que isso era o suficiente para ela, já que sou filha única, quer dizer, quase, irmãs mortas não contam quando chega o momento de trocar as fraldas e de ficar em casa enquanto o pai viaja a negócios, enquanto ele enche as próprias mãos com os peitos de outras, se satisfaz com a liberdade de fazer putaria com quem não precisa pensar na criança que deve ser colocada para dormir, e aliás meu pai nunca mais a tocou desde que ele cumpriu o dever de nela fazer uma criança, desde que ele começou a se manter ocupado com suas funcionárias, fazendo com que elas vestissem milhares de peças de cetim que acabariam sendo encontradas nas lojas de departamento, vendidas a milhões de mães que buscam excitar seus maridos em vão, pois o cetim é infinitamente mais excitante nas jovens garotas que não têm filhos, todos os homens o dirão, eis por que não devemos mais ter filhos, jamais, para não oferecermos aos homens o banquete de nossa juventude, eis por que não devemos mais nos contentarmos em desconfiar dos grandes lobos maus que clamam pela chapeuzinho vermelho, é preciso dar-lhes uma boa lição, mostrar-lhes que eles também se tornaram velhos e feios, que eles devem voltar para o lugar ao qual pertencem e manter as mãos longe de nós, mas nada será feito pois apenas eu reclamo, sou eu que não aceito envelhecer e sofrer com a flacidez atrelada ao peso de uma gravidez, sou eu que não quero desaparecer por trás de uma criança, eis por que jamais terei uma, para não correr o risco de ter uma filha que a cada instante me recorde que eu não tenho mais vinte anos, para não ver minha filha desfilar de roupa íntima e ficar de putaria com Pierre, Jean e Jacques, com um pai que só terá olhos para ela.

E eu adoraria falar para você do esplendor das paisagens e do pôr do sol, do perfume dos lilases e de todo o resto, daquilo que nos deixa felizes, da inocência daquilo que não tem sexo, como uma noite estrelada ou como a história de um povo, o nascimento de Cristo e a conquista da Antártica, eu poderia lhe descrever a beleza do mundo se eu soubesse enxergá-la, contar como a fé e a coragem podem prevalecer sobre os maiores infortúnios, mas estou muito ocupada morrendo, é preciso ir direto ao ponto, ao que me mata, e sobretudo devo saber por que as coisas são assim, eu já sei mas preciso me convencer, saber sem qualquer sombra de dúvida o que ainda posso fazer, pagar com minha vida a morte de minha mãe, sim, eu matei minha mãe, eu me apropriei de sua juventude e da atenção que ela recebia dos homens, e não é minha culpa, você dirá, pois não escolhi nascer desse modo, nascer desta mãe e nesta família, e eu digo a você que é possível ser culpada sem que se tenha escolhido ou feito o que quer que seja, podemos nos sentir culpadas de termos estado onde não deveríamos estar, de termos escutado e visto coisas que não nos diziam respeito, pela morte de Cristo e pelo genocídio dos judeus, pela temporada de chuvas que nunca começa, por um avião que caiu no mar, e eu, eu me sinto culpada pela feiura de minha mãe e pela minha também, não posso mais contaminar o mundo com ela nem transmiti-la a uma outra pessoa, que deverá morrer por sua vez, e o que me mata já existia bem antes de mim, sua semente está em alguma parte dos gestos que minha mãe deixou de fazer, o vazio tem um peso que, eu lhe juro, nós podemos herdar, podemos carregar conosco a narrativa de três séculos sem história, de dez gerações esquecidas porque não há nada a falar delas ou porque não há nada a dizer sobre aquilo que não foi feito, e não quero para mim esse tipo de história que não se conta por si mesma nem nenhuma das outras, as histórias de glória e de haréns, de multidões enfeitiçadas e de atletas em cadeiras de roda, não quero essa vida repleta de horários, de se levantar e de se deitar, ações entre as quais retomamos uma série de gestos repetidos, incluindo as reuniões de negócios, não quero a vida que todos vivem quase sem nenhum obstáculo, uma pequena crise na adolescência e uma outra aos quarenta, um divórcio e uma hipoteca, os pequenos arrependimentos que tecem o cotidiano, nada a ver comigo, com meus olhos de botão, com a escorregadela de meu pensamento na cama de minha mãe.

Pensando bem, não conheço ninguém, nem mesmo esta mãe que ainda me assombra, como podemos conhecer alguém que dorme e que se cala?, alguém que não é verdadeiramente uma pessoa pelo fato de nunca ter estado presente, pelo fato de ser uma estátua de sal na memória de um deus que há muito tempo a esqueceu, ou melhor, desde que o vento lhe removeu a beleza, aliás, depois que todos já a esqueceram, exceto eu, devo pensar nela por todos aqueles que não pensam mais, eis por que eu a detesto, pelo fato de ela ter me transformado naquela que deve pensar nela, na única que deve fazê-la viver dia após dia em seu espírito, mesmo que seja uma vida de ódio e de camas, e por todas essas razões meu espírito também morre, morre com o peso de minha mãe, e não com o de qualquer um, com o peso de um cadáver que dificilmente pode ser deslocado e cuja rigidez dificulta o movimento sobre as escadas, isto mostra como a vida não lhe é mais natural, e eu devo enterrá-la de uma vez por todas, cobri-la com os metais mais duros para que ela não possa mais voltar à superfície e me perseguir com seu abraço de polvo, com seu canto de ave de mau agouro, seria melhor que ela se levantasse e que pela última vez carregasse a carga que lhe é própria, que se jogasse do alto de um penhasco para se chocar contra as rochas, mas para que ela se mate é preciso que tenha coragem, muita coragem para reconhecer o peso de estar ali sem estar, para que ela não seja mais uma larva no instante em que livraria o mundo de si mesma.

*

É verdade que eu falo muito, falo demais, mas nunca na frente do psicanalista, a presença dele atrapalha o desenvolvimento de meu pensamento, além disso ele não se interessa pelo que digo, ele é especialista, centrado naquilo que ele escuta por trás do que digo, naquilo que sei sem saber, não adianta nada dizer o que quer que seja quando se sabe de antemão que não se trata daquilo que seria conveniente dizer, quando a atenção do psicanalista se volta para outro ponto, onde não há nada, onde não faz nem calor e nem frio, e em alguns momentos me sinto farta,

deitada ali no divã, eu não suporto mais deixá-lo se refugiar
em suas preocupações cotidianas, nas compras por fazer e no
próximo livro a ser escrito, e quando meu desejo de arrancá-lo
de seu conforto é mais forte que o meu silêncio, eu lhe conto os
sonhos que tive durante a noite para que eles possam falar em
meu lugar, escute isto, senhor psicanalista, e veja você, eu sou
muito mais interessante à noite, o sono me torna quase bela,
meus sonhos são grandes desdobramentos de raios e trovões,
de perigos mortais e de códigos secretos, eu sonho com eleva-
dores em queda livre que caem mil andares abaixo da terra, que
correm sem que nada os impeça de atingir mundos de umidade
e de baratas, de onde não se pode mais sair porque o buraco se
fecha à medida que o elevador desce, eu sonho com edifícios de
mil andares que desabam sobre a cabeça das pessoas em fuga,
uma multidão de formigas cegas fugindo sem tomar cuidado
com os carros que passam, eu sonho com profundezas marinhas
abissais e com linhas telefônicas cortadas, alô, mamãe, não te
escuto mais, não chore mais mamãe, onde você está?, perdi o seu
número, esqueci, mas me responda, eu te escuto muito mal, e por
que os meus dedos estão paralisados?, por que não posso mais
falar?, e isso se prolonga de mil maneiras, ninguém responde, o
telefone toca no vazio, no espaço infinito dos circuitos elétricos,
ninguém responde pois todos sabem que sou eu, já que é um
número estranho que liga, porque a linha está ocupada e eu
não tenho mais dinheiro, estou perdida no fim do mundo, no
alto de um edifício a ponto de ceder ou lá no fundo de um poço
rochoso, alô, mamãe, onde você está?, como pude me afastar
de você a tal ponto, a mil léguas da sua vida, de onde você não
escuta mais minha voz?, como pude te deixar sozinha nesta
cama onde você morre? mas é preciso agora passar a outra coisa,
não quero mais falar desses sonhos que tenho desde sempre,
tenho a impressão, desde que vi minha mãe chorar porque
meu pai não a telefonava, meu pai partiu para uma viagem de
negócios com o dinheiro contado, ele se esqueceu de mim, ela
teria me dito se se desse conta de minha presença, ele não pensa
nem em mim e nem mesmo em você, ele está com uma outra
mulher, talvez ela supusesse, mas vamos deixá-la de lado pois

jamais darei sentido àquilo que ela nunca me disse, e na semana passada ou no mês passado, não tenho certeza, eu sonhei que tinha dez anos, que eu era a filha do meu pai, aquela que quer agradar o próprio pai, ele examinava meus desenhos de criança, os que eu havia feito na escola, um céu branco com nuvens azuis, um sol amarelo com raios vermelhos e um gramado verde, o que há de mais infantil do que um desenho em que as chaminés atravessam os telhados das casas?, esta não era a opinião de meu pai, olhe, ele me disse, o mal está no céu, ele ainda é uma semente e espera nascer para se alastrar, para incendiar o papel, e, quando olhei o céu de meu desenho, ele estava coberto de serpentes azuis, um céu atormentado onde redemoinhos carregavam as estrelas até a maré baixa da via láctea, e logo o céu começou a se mover, a se encher de serpentes azuis que foram se tornando cada vez menos azuis, passando do azul para o preto, é o preto do sangue da serpente, me respondeu meu pai como se eu tivesse lhe perguntado, como se eu já não soubesse, um céu repugnante com milhões de serpentes pretas, não, papai, você se engana, é só um céu branco e azul como o vestido de Maria, sim, é verdade, é um céu azul hoje, mesmo assim o mal se esconde ali, ele se insinua entre as nuvens, olhe mais de perto, nós o pressentimos, ele está em tudo, principalmente nos desenhos das crianças, sobretudo em sua cabeça de criança pois no futuro você também será uma serpente, você não se parecerá com uma serpente, você será uma, você rastejará por trás das aparências de um céu azul, não é verdade, papai, isso não pode ser verdade, e nesse sonho eu estava triste pois não havia mais nada a se fazer, o mal estava feito, ele era necessário, e quando quis lhe mostrar outros desenhos que eu tinha em mãos para provar que não eram maliciosos, eles pegaram fogo, os gramados se transformaram em barcos de piratas onde os homens se entrematavam e se jogavam do passadiço, a bandeira da morte havia sido hasteada e o mar estava vermelho, ao fundo se escutavam os gritos que anunciavam que todos estavam condenados, que sonho trágico, senhor psicanalista, aos dez anos eu me tornei malvada, eis o que devemos concluir, era o início do fim, minha decadência em direção à putaria, então sobre isso me calei pois tudo já havia sido dito, as evidências não se explicam, elas se impõem, como costumamos dizer quando queremos colocar um ponto final nas coisas, e novamente o silêncio e as preocupações com as coisas por fazer, e se não tenho mais vontade de falar, se não quero mais saber, é porque meus sonhos são claros demais, eu sofro com minha coerência e com a vida que me dá respostas demais, de qualquer maneira, por que eu teria necessidade de um psicanalista para dar peso às minhas narrativas, para me irritar com suas palavras, palavras que não escuto porque já as pronunciei mil vezes?, eu realmente não sei, talvez porque meus pais não devem escapar impunes, porque devo pagar e porque alguém deverá testemunhar contra mim, porque os psicanalistas existem justamente para isto, para perdoar e pedir perdão, perdão, minha filha, perdão, mamãe, mas eu não sei perdoar, eu só sei cerrar cada vez mais os dentes à insistência dos paus em minha boca, do pau do meu pai que negocia com as putas, e não apenas com uma, eu suponho, pois uma puta automaticamente designa uma outra com seu corpo, que, por natureza, representa o corpo de outra, e assim elas se livram do pau de seus clientes, do pau do meu pai, que fica duro por qualquer outra mulher, menos a dele.

E acredite em mim, eu gostaria de enxergar outra coisa além da culpabilidade e da feiura, uma loucura por exemplo, uma desordem que explicaria tudo, minha impotência em não conseguir morrer do abandono de minha mãe que se regozija sem parar e do desejo dos homens que não se esgota nunca, do homem que logo olhará para o outro lado mesmo que eu esteja ali, veja, eu estou presa a meu discurso, a meu ponto de vista no leito de morte, seria melhor que eu perdesse a memória, que eu pudesse gritar até não escutá-lo mais, até recobri-lo com um som que não possa se tornar objeto de um discurso, seria preciso que a loucura preenchesse a minha vida por meio de um mundo recriado, sem homens nem mulheres, um mundo de preces e de gestos piedosos, de risos loucos e de campanários, seria bom se perder em devoções à luz de mil velas, um rosário de madeira no pescoço, eu me prostraria até não ser mais do que uma corcunda que se oferece a deus, mas agora é tarde demais, nós não podemos mais levar este tipo de vida quando nos enojamos com tudo, isso jamais acontecerá, a vocação e a loucura, amanhã será a mesma coisa, passarei em frente às vitrines das butiques do quarteirão forrado de revistas e não serei capaz de deixar de olhar o que elas jogam em nossa caras: os olhos oblíquos de cem adolescentes que posam de mulheres maduras, em maiôs ou em coisas piores, os seios nus que se sobressaem na capa, e eu não poderia deixar de procurar ao meu redor um olhar que me transforme nelas, que faça com que eu me sobressaia em todo e qualquer lugar, que seja capaz de me içar até aquele lugar de onde todos poderão me ver, e você pensa, me ver por quê?, para que eles se excitem ao me verem de maiô, com os seios eriçados sob o tecido molhado, para que as outras desapareçam, para ser a única, e lá do alto eu poderei finalmente exibir minha feiura mesmo que você não queira saber dela, eu revelarei as minhas costuras de boneca, aquelas que foram jogadas embaixo da cama mesmo que o momento não tenha sido apropriado, eu me matarei com uma corda na sua frente, eu farei de minha morte um pôster que se multiplicará pelos muros, eu morrerei como se morre no teatro, em meio aos estrondosos murmúrios dos indignados.

E se eu morrer antes do meu suicídio é porque serei assassi-nada, morrerei pelas mãos de um louco, estrangulada por um cliente porque eu teria dito uma palavra a mais ou porque eu teria me recusado a falar, na verdade por dizer sim, as putas são mentirosas, vadias sujas que ofuscam outras mulheres, levando-as para longe de seus maridos, em direção a um mundo superpovoado e sem família, morrerei por não ter dito o que penso verdadeiramente, minha contribuição ao que há de pior na vida, eu terei passado minha vida ignorando tudo a respeito do mundo exterior, o país das maravilhas que no entanto existe, do outro lado deste quarto, alastrando-se a perder de vista em direção ao alto e aos lados, desde o momento em que me dou o trabalho de olhar, quero dizer, de olhar realmente, com toda a potência, apertando os olhos para não deixar que tamanha beleza os invada de uma única vez, eu nunca teria questionado a incidência dos astros sobre o destino dos homens, nem a repercussão dos hábitos alimentares no crescimento dos ossos, nem das clareiras que fazem avançar os desertos em direção às cidades, eu não teria visto a selvageria do Ártico onde as placas de gelo se rompem na primavera com um único estrondo, onde podemos ver a extensão de uma antiga tundra de três milhões de anos, o musgo vermelho que brota sob o olhar envolvido dos ecologistas, eu teria desviado das correntes marítimas que varrem o fundo dos oceanos, que abrem para si mesmas um caminho sem se preocuparem com a evolução das normas, com a abolição da pena de morte e com a migração das andorinhas na primavera, e se alguém me estrangula, em um ímpeto de cólera, porque minha maneira toda especial de permanecer muda seria capaz de interromper os discursos mais certeiros, será para se excitar com os meus guinchos de porca e com o meu rosto escarlate que tentará fugir por cima e pelos lados, as bochechas e a testa que se dilatam até que dos olhos caiam as lágrimas que me fazem esmorecer e, acredite em mim, eu quero o estrangulamento e penso nele o tempo todo, seria preciso que eu fosse encontrada morta na cama, com os lençóis amarrotados no chão, que indicarão que alguém fugiu sem ter tido o cuidado de me cobrir, sem ter tido o cuidado de me dar a aparência de uma mulher que dorme, já vimos esse tipo de coisas acontecer muitas vezes, assassinos que colocam um travesseiro embaixo da cabeça de suas vítimas, já encontramos mulheres estupradas que foram vestidas novamente com as suas calcinhas, como se nada tivesse acontecido, o pudor deslocado, que chega tarde demais, eu adoraria me revelar fria e nua à comunidade, de tal maneira que seria impossível ser rechaçada, atrelada para sempre a um cadáver à espera de identificação, e quando chegasse a hora de recobrir meu corpo diriam coitada da moça, constatariam em voz alta que o assassino fora meu último cliente, que talvez se trate de meu amante, furioso por ter me descoberto puta, de meu pai ou de minha irmã enciumada, furiosa por ver que os homens me preferem a ela, quem sabe, e a investigação começaria com os meus pais, com o choque deles ao se darem conta do contexto de minha morte, com o constrangimento deles perante tantas testemunhas que os veem envergonhados, vocês preferem um caixão fechado?, o rosto assim desfigurado poderia dar o que falar, meus pêsames, os pêsames de toda a família, e então um padre e algumas flores, suas cores vivas que destoam do cinza invernal, e depois mais nada, apenas a aberração que minha vida teria sido, o imenso espaço de uma existência da qual ninguém sabe nada e a intuição de que ali estivemos por algum motivo, o que nós fizemos e o que nós dissemos?, a retrospectiva dos eventos que encadearam tal desfecho, a mãe que rasteja, o pai e seu pecado, o individualismo da sociedade moderna, a falta de engajamento dos vizinhos do mesmo andar, a tirania da resposta que devemos nos dar.

Eu não sabia que um dia não seria mais possível mudar minhas ideias sobre a vida e sobre as pessoas, não acreditava poder anunciar cem vezes a minha morte sem esgotá-la, sem torná-la impraticável como aqueles truques de mágica que olhamos bem de perto, não pensava que poderia continuar a crer nisso cada vez mais e que me aterrorizaria com essa certeza, não, quando comecei a querer morrer, ignorava até que ponto eu dizia a verdade, até que ponto a morte se escondia atrás de todos os meus gestos, além disso as pessoas sempre me dizem que a minha profissão é perigosa, que qualquer louco poderia aparecer e quebrar meus ossos em um momento de distração, estrangular-me com uma única mão, me jogando contra a parede, há loucos em todos os lugares e sobretudo neste comércio de degenerados, mas eu digo a você, isso nunca aconteceu, embora todas as vezes eu pense que vai acontecer, da mesma forma que penso que meu pai poderia estar escondido atrás da porta, isso nunca aconteceu mas poderia acontecer hoje, poderia acontecer amanhã, no fundo o que há de melhor que uma puta para se vingar do fato de ter sido enganado pela vida?, o que há de melhor que chutar cachorro morto?, que já está tão perto de não ser nada, e além do mais seja como for todo mundo diz que as putas servem para isso, para que as jovens não sejam estupradas a caminho da escola, para que a inocência das futuras esposas seja preservada, mas o que todo mundo fala não deve ser levado em consideração pois é a estupidez que fala, trata-se do discurso daqueles que querem outorgar o estatuto de direito ao seu apetite de lobo, nada impedirá que os homens carimbem com o seu sexo tudo o que os envolve e nada impedirá que as jovens garotas queiram ser estupradas em qualquer lugar, sobretudo a caminho da escola, quando elas fingem espanto, nada impedirá que isso se reproduza infinitamente, está escrito nos céus como o sol que nasce e as estrelas que explodem, como o início dos tempos da mais velha profissão do mundo e o naufrágio de clientes neste quarto, que fica nos fundos de um prédio de onde podemos ver a cidade ser tomada pela noite sob o brilho de suas luzes.

Eu nunca fui estuprada a caminho da escola mesmo que esperasse por isso, mesmo que sonhasse com isso, eis por que não posso suportar que as outras o sejam, isso significa que eu nunca soube provocar os homens a ponto de fazê-los perder o controle, não soube fazê-los desviar-se do bom caminho que os conduzia do trabalho para casa, isso significa que mesmo quando adolescente eu não era grande coisa, eu estava abaixo do que deveria ter sido, precisaria ter feito com que meus cabelos se esvoaçassem um pouco mais, ter deixado à vista uma calcinha branca embaixo de minha saia de colegial, ter frequentado esquinas escuras e me maquiado com todo o furor, com o desejo que os faz perder a cabeça, eu já era como minha mãe, cedia o meu lugar, observava as outras o tomarem, não conseguia fazer mais nada a não ser dormir e envelhecer, desaparecer conforme a sucessão das estações, a deriva dos continentes e o movimento dos astros, na conquista do espaço e na comercialização de milhões de itens a serem pulverizados, vestidos e jogados, e todas essas crianças que nascem para que isto possa continuar, a vida e seus ciclos, o eterno retorno do mesmo, da transa e do culto ao belo, o culto que faz a juventude perdurar na velhice, ter entre dezessete anos e cinquenta anos como as heroínas dos quadrinhos, como Madonna, como toda puta que sabe o que é putaria, se bem que aos trinta anos se torna difícil ser uma puta pois os seios se mantêm longe das carícias, eles batem em retirada para onde ninguém quer ir, sem falar das formas que se tornam cada vez mais arqueadas e da deterioração das células, bem, o que fazer senão se retirar do mundo com um tanque de oxigênio, manter os olhos fechados e não mais sorrir, esperar por uma nova técnica, um novo tratamento, um milagre, esperar para não ter mais que esperar e sair no grande dia para que se possa ver sua beleza inalterável de smurfette vestida de branco?, na sequência, não sei mais o que aconteceu, eles viveram felizes e tiveram muitos filhos, mas geralmente não vou até aí, não reflito sobre o que acontece com a beleza quando ela se coloca em movimento, para onde ela vai e para quem ela se volta, não sei, talvez ela se regozije consigo mesma ao receber visitantes e fazer de seu cotidiano uma obra, a beleza da boca que se cola na xícara de café e da cabeça que repousa sobre o prato, a beleza dos dedos que acariciam a colher, a beleza de cada gesto que todas as vezes tem uma razão de ser e, enfim, a vida plena dessa razão de ser que nunca deixa de se difundir em mil gestos perfeitamente belos.

Quando eu era pequena, eu era a mais bela, como todas as pequenas garotas, cada uma fazendo o vestido voar enquanto pula corda, eu era perfeita na ignorância do que me esperava, sim, foi na adolescência que tudo se arruinou, ao menos é o que me parece, no ensino médio minhas amigas eram mais belas do que eu, nenhuma delas nunca soube da raiva que sentia ao vê-las assim tão mais belas pois sempre me revoltei em silêncio, no conforto de meus fantasmas, em um recanto do espírito onde é possível estar morta e viva ao mesmo tempo, assassinar mil vezes aquilo que amamos e se suicidar representando para si a consternação da família, mas por que ela se matou?, não fizemos tudo o que podíamos?, não lhe provemos tudo e mais um pouco?, milhares de vezes imaginei minhas amigas desfiguradas, eu as vi queimadas, com os cabelos transformados em cinzas que caíam aos montes e os seios removidos porque foram tomados pelo câncer, seios podres, tocos de mama que elas deveriam esconder sob os braços cruzados, minha raiva atingia todas as extremidades daquilo que se difundia ao meu redor, eu era, inclusive, a anoréxica da escola pois era preciso que eu me destacasse, observe-me desaparecer e veja de que modo amo a vida, e eu já desfilava na minha recusa de não ser mais criança, de adquirir assim curvas enquanto minha mãe sempre emagrecia mais, enquanto ela não queria mais sair da cama, e se minhas amigas tivessem sido fiéis, eu jamais teria desejado perdê-las,

se elas tivessem me adorado a ponto de deixar tudo de lado,
se elas tivessem me seguido como os apóstolos seguiram Jesus
Cristo, redes de pesca à deriva, o coração repleto por elas terem
sido as escolhidas, talvez eu tivesse feito um esforço para ser
como elas, carnais e encaracoladas, eu teria me colocado ao lado
delas, mas minha magreza as ajudava a sorrir, a erguer a cabeça
com o intuito de valorizar o peito, e embora a maioria delas não
tivesse nada a ver com a minha beleza abnegada, outras teriam
sido influenciadas por mim, elas gostariam de perder peso,
pois as bundas pequenas não são justamente as mais bonitas
e femininas?, elas não poderiam parar de comer chocolate por
mais de dois dias?, e quando estas aí começaram a emagrecer, eu
soube que estava perdida, que elas seriam a minha ruína, soube
que eu deveria partir, ir para a cidade, pois elas continuariam a
se juntar a mim onde eu gostaria de ficar sozinha, não se deve
esquecer que passei fome durante todo esse tempo e assim
aprendi que não serviu de nada, a não ser passar fome, e por que
passar fome quando todo mundo pode ser levado à força para
o hospital e receber alimentação contra a própria vontade, até
o coração parar?, e foi nesse momento que eu as deixei, deixei
o campo para morar na cidade, quis trabalhar e me tornei puta,
que besteira, que bela sequência lógica dos acontecimentos, da
anorexia à putaria, há apenas um passo a se dar, e minha boca
ainda precisa trabalhar, engolir tudo o que eu puder, recuperar
o tempo perdido, cercar-me de quilos e de paus, e não creia
que estou curada, não, eu sempre sinto fome, e todos os dias
eu peso o que como, será que isto vai bem com aquilo?, eu não
poderia deixar um terço deste mingau no meu prato?, é preciso
não comer este último terço para continuar com meu corpo
de adolescente pelo máximo de tempo possível, com minha
miudeza de smurfette que ama aumentar os próprios lábios com
silicone, os lábios e os seios, ter o que minha mãe nunca teve,
lábios e seios, e o terço de um prato multiplicado por trezentos e
sessenta e cinco dias é igual a cento e vinte pratos a menos para
se digerir, e isso não é tudo pois há ainda o exercício físico, a
academia, o centro de treinamento onde encontramos aparelhos
especialmente concebidos para tonificar a barriga, a bunda e as

coxas, onde se concentram mais de noventa por cento da massa gorda, e eu devo ir à academia três vezes por semana, segunda, quarta e sexta, um dia para a barriga, outro para a bunda e o último para as coxas, e quando me sobrecarrego, às vezes vomito no vestiário, sinto prazer em passar mal na frente dos outros, eu não sei o porquê, porque a piedade é quase sempre mais preferível do que a inveja, porque perante as mulheres só posso me ajoelhar, curvar-me a seus pés para pedir perdão, perdão, perdoem minhas ofensas, perdão por ter sido amada, por ter matado, mentido, comido, e mesmo que eu possa desafiar meus clientes e meu psicanalista com meus silêncios, mesmo que eu possa ser audaciosa e insolente com os homens, sou apenas uma larva perante as mulheres, eis por que não tenho amigas, quer dizer, mais ou menos, eis por que é melhor mantê-las afastadas, cercar-me de homens e fazer uma barricada com eles, sim, eu detesto mulheres, eu as detesto pelos meios que estão ao meu alcance, com a força deste recanto de meu espírito onde eu as assassino, com meu corpo que se dobra e com minha boca que lhes pede perdão.

*

Eu sempre me pergunto o que meu psicanalista pensa sobre meu caso, sobre minha putaria e minha feiura, sobre minha mania de ser minha mãe, na verdade não tenho certeza de que ele pense o que quer que seja, o que se pode pensar senão aquilo que geralmente se pensa perante um fisiculturista preso a seu peso como se ele fosse um dos mais preciosos tesouros, ou perante um drogado caído em um banheiro público, tomado do sangue de uma veia mal escolhida, picada às pressas?, o que se pode sentir senão a piedade que experimentamos perante a baixeza dos outros?, a vida reduzida a um único gesto, que bate sem cessar na mesma parede e colide sempre no mesmo lugar, a vida que recomeça de novo e de novo sob a mesma situação mórbida e que chega sempre à mesma conclusão, homens isso e mulheres aquilo, os clientes e as smurfettes, enquanto ele tenta me empurrar para outra direção como se eu fosse capaz de ir até lá, como se eu fosse capaz de ver o que se esconde por trás do que não está funcionando, e que tanto me preocupa, parece que meu discurso é uma tela, e que é preciso saber falar a respeito do que se silencia, o medo de morrer sozinha em uma cama enquanto aquilo pelo que se morre corre pelas ruas, mas então me diga, senhor psicanalista, como minha fala pode mudar esta história?, nada, absolutamente nada, pois o que conecta as coisas na minha cabeça é mais sólido que a mais brilhante das curas de toda a história da psicanálise, e é também uma questão de confiança, eu não consigo me entregar a esse homem cujo rosto não posso ver, eu nem mesmo chego a reter o que ele me diz pois isso não tem nada a ver com o que está escrito nos livros, o que é escrito é sempre mais claro que aquilo que é dito, menos febril e, o mais importante, as mesmas palavras podem ser lidas e relidas à vontade, repetidas vezes, então por que ele não anota nada?, por que se ater às minhas reclamações de cadela, deixadas ali aos montes e de qualquer jeito?, talvez ele seja como meu pai, impotente e bon-vivant, e o que ele sabe sobre a desconfiança que tenho por ele e sobre o desgosto que o amarelo de suas unhas dos pés provoca, as quais posso ver do divã, se me deito de lado, como escamas de um lagarto imóvel cuja língua fina e rosa inesperadamente sai da boca para rapidamente voltar, um lagarto frio com os olhos vidrados, delineados em preto?, o que ele pensa sobre a intromissão de seus dedos dos pés na cura, dedos que ele deixa à mostra no verão pelas tiras da sandália de couro, dedos que estupidamente se interpõem entre mim e ele, entre meu sexo e o dele?, aos psicanalistas não deveria ser permitido o uso de sandálias, pouco importa a estação, deveríamos ser capazes de pensar neles sem órgãos, sem pelos e odores, não deveríamos mais sofrer com a tirania de seus pés que desviam o percurso do pensamento, nem com a tirania dos desenhos que se formam pelos círculos escuros de suor sob suas axilas, e, sobretudo, seria necessário que minha história fosse escrita pelas mãos dele, a história do caso de uma puta, que ela fosse publicada e lida por uma multidão de pessoas, longe das minhas hesitações e de seu apertado consultório.

É preciso saber falar para jogar com aquilo que é dito, e assim ele joga com o que digo, remanejando minhas frases com outras palavras, e se quero me enforcar é porque quero que me carreguem, porque não quero mais colocar os pés sobre a terra e porque quero suspender-me com meu peso de cadela presa à coleira, de cachorrinho fofo e confiante que deixa que sua mamãe o pegue pela pele do pescoço, mas sim, que descoberta, senhor psicanalista, eu não tinha pensado nisso, agora percebo a conexão, não tenho mais vontade de me enforcar, e talvez você mesmo tenha vontade de me carregar um pouco, de segurar essa coleira para me arrastar junto a seus pés até colocar a minha boca no seu sexo, sim, senhor papagaio, você discerniu bem o motivo da despersonalização pela qual passam todas as coisas em minha mente, meu pai é como meus clientes e meus clientes são como meu pai, minha mãe é como eu e eu sou como minha mãe, sim, é verdade, acabei me perdendo em meio a todos esses jogos de espelho, a tal ponto que não sei mais quem sou por ser como uma outra e nem mesmo sei quem você é porque o vejo como um outro, eu não tenho medo de ficar sozinha mas sim de nunca conseguir ficar sozinha, há pessoas demais em meu entorno que fazem aparecer ainda outras pessoas, e não posso lhe esconder nada, meu caro senhor, eu adoraria dormir com você mas eu também adoraria não ter que lhe dizer, sim, eu sei que se tenho vontade de dormir com você é porque você é como meu pai, no fundo você é um pai para mim, e sua mulher, não estou nem aí para ela, é sem dúvida velha e feia como todas as mulheres da idade dela, como a minha mãe, aliás, tenho certeza de que você não tem desejo por ela, que você olha as revistas e se masturba sobre as fotos de jovens garotas nuas que colocam um dedo na fenda, e também tenho certeza de que você não se envergonha com confissões desse tipo pois você já ouviu essa história antes, todos os dias jovens doentes se apaixonam por seu psicanalista, isso faz parte do curso normal da cura, e sinto muito mas não gosto de empregar o termo analisanda para designar as mulheres suicidas que se prostituem, prefiro dizer que elas estão doentes, é mais honesto e também mais excitante, e estar doente não tem nada a ver com a doença em si e com os gemidos emitidos por estar assim tão doente, rastejar com toda a legitimidade, sim, penso como minha mãe, eu já lhe disse isso milhares de vezes, eu sou minha mãe, e se ela rasteja, eu também rastejo, para que serve compreender isso senão para constatar que uma larva é uma larva porque saiu do ventre de outra larva?, seria melhor me queimar viva para acabar de uma vez por todas com esta constatação que se repete a cada sessão, ah, sim, constato que durmo, como e penso da mesma forma que minha mãe, eu também sofro como ela, e não se deve esquecer, ser como a própria mãe é ser integralmente como ela, até mesmo no bloqueio do pensamento, no gesto de levar a xícara de café aos lábios, na sensibilidade da pupila que se dilata sob a luz do dia e na maneira de bater a cabeça contra as paredes, até mesmo na culpa por ter estado onde não deveria e por ter sido amada, sim, até mesmo na feiura e naquilo que não chegamos a dizer, na incapacidade de suportar o que se é e, assim mesmo, adormecer.

Então falo de tudo e de nada pois a regra é que eu associe livremente aquilo que me vem à mente, e o que é associação livre?, eu não sei, ninguém sabe na verdade, pois nesse tipo de tratamento ninguém sabe nada a respeito de coisa alguma, isso é esperado, é preciso seguir uma formação de vários anos para que se chegue à conclusão de não saber nada, então decido tudo, sou eu que falo e interpreto, escolho o diagnóstico e o remédio, só depende de mim ser histérica ou obsessiva, melancólica ou qualquer outra coisa, eu sou muitas coisas incertas dada a minha falta de *expertise*, como podemos reconhecer um mal que nos esforçamos para não nomear?, e me dirão que é melhor assim, que é preciso aprender a viver na indeterminação do que somos, e talvez o veredicto esteja reservado para o fim, quando batem o gongo para anunciar o fim do processo de cura, e logo meu psicanalista poderá aplaudir a si mesmo por ter mantido por tanto tempo o silêncio sobre aquilo que desde o início ele sabia, no final das contas, o que ele sabe exatamente?, o que ele pode saber sobre mim que eu já não saiba?, eu realmente não sei de nada, e se frequentamos um psicanalista é sobretudo para aprendermos a superar isso sem ele, eis o objetivo final, mas eu mesma não posso renunciar a ele, que me estende a mão, e se um dia eu renunciar, ele simplesmente baterá no peito declarando que conseguiu me convencer de uma coisa, morrer o mais rápido possível porque pais nada mais são do que pais, eles não abandonam suas mulheres por estrelinhas que poderiam ser suas filhas, e ele, entre tantos outros, saberia se manter em seu devido lugar até nosso último compromisso, ao meu lado ele teria reinterpretado meu infortúnio de menininha abandonada por sua mamãe, sentada sobre seus sonhos de criança, com a cabeça mergulhada no prato por não ter encontrado apoio, ele teria provado que uma decepção tão grande pode ser revivida de novo infinitas vezes, que não é a humanidade que se engana sobre o valor dos homens e das mulheres, mas sim os espíritos doentes como o meu, espíritos servis de baratas que não receberam olhos por medo de morrerem ao se olharem, enfim, não são eles, sou eu que estou do lado ruim da vida, do lado da cama de minha mãe, de sua caverna úmida de bruxa.

Mais uma vez, devo falar de tudo o que lhe jogo na cara, mas ali, deitada no divã, eu me calo na maior parte do tempo, durmo ou faço de conta que durmo pois detesto conversar pessoalmente, falar com minha voz de rato preso na armadilha, fazer o discurso do animalzinho que corre à luz do dia para encontrar um canto escuro, e detesto gemer quando gostaria de brilhar, ainda assim, aqui estou eu, querendo parecer bela, querendo expressar a fúria do meu pensamento de uma única vez, o grande lobo mau que persegue a chapeuzinho vermelho e a chapeuzinho vermelho que sente a falta de um lobo que a persiga, deram-me aquilo que não era meu de direito ou sou eu que não tinha direito àquilo que desejava loucamente?, e o que é esta coisa que eu teria tido muito ou muito pouco não sabemos, veja você, é preciso reinventar a vida para saber alguma coisa dela, e suponho que se deva bater bem forte na cabeça com os punhos fechados para que se possa acreditar nisso, pois eu não acredito, não acredito no que penso ter tido ou não, de qualquer forma, não importa se o resultado continua a ser o mesmo, o resultado de não pensar em nada a não ser na imundície dos homens que espalham seus espermas assim que têm a oportunidade, que se esvaziam de sua sujeira como se tal ato fosse um grande feito, e eu o desafio a se conter por alguns dias para ver se você não começará a refletir, mas isso nunca chegará a acontecer, não nos dias de hoje em que as menininhas são maquiadas, em que devemos permanecer com dezoito anos pelo resto da vida, em que, até mesmo nos contos de fadas, as fendas excitadas se molham sob o efeito do olhar mais fugidio, então vale mais a pena continuar a se aliviar como fazem os cães, nos hidrantes ou em qualquer outro canto sobre o qual é possível levantar a perna, vale mais a pena continuar a assistir aos besteiróis americanos e suplicar por eles, maravilhar-se todas as vezes com o mesmo filme no qual somente a smurfette se transforma, a boneca que quer manter seu homem em casa, mas por que você nunca está aqui?, sua carreira é mais importante que sua família, eu estou tão sozinha e preciso de você, eu me entedio pois não tenho nada mais a fazer além de me manter bela para você, não vá conquistar o mundo ou salvar a humanidade, fique aqui e me agarre em meu novo penhoar e veja quão desejável sou nesta tela, veja como faço os homens se excitarem na sala, veja como sou só isso, infinitamente excitante, infinitamente nua por baixo deste penhoar, e enquanto você luta para que a justiça seja feita, eu corro para as butiques e para os cirurgiões pois não adianta ter coragem quando se é velha, e além disso a juventude exige tanto tempo, uma vida inteira hidratando a pele e se maquiando, aumentando os seios e os lábios e novamente os seios porque eles ainda não estão suficientemente grandes, uma vida inteira se preocupando com o tamanho da cintura e tingindo de loiro os cabelos brancos, queimando o rosto para esconder as rugas, queimando as pernas para que as varizes desapareçam, enfim, queimando tudo para que não se vejam mais as marcas da vida, para que se viva fora do tempo e do mundo, para que se viva morta como um verdadeiro manequim vestido com um maiô, como Michael Jackson na solidão de sua pele branca, enfim morrer por jamais ter sido completamente branco, completamente loira.

É verdade, fico enfurecida por não fazer parte do ranking das mais belas mulheres do cinema americano e por não saber separar os heróis de seu heroísmo, também fico enfurecida por ter que me enfiar no consultório de um psicanalista para ajustar meus ideais à minha feiura, eu sofro por ser mais bonita no sonho do que em todas as realidades, de ver a cada dia na televisão aquilo a que devo renunciar, você me dirá que não devo ser tão feia assim, já que os homens aceitam pagar para dormir comigo, sim, é verdade, tudo isso é verdade, sou muito mais feia para mim mesma do que para os outros, inclusive para alguns eu sou muito bonita, se isso lhe faz feliz, eu não me importo de admitir, mas não é disso que falo, nunca foi, e não cabe a mim dizer a você, na verdade eu repito isso sem poder colocar o dedo na ferida, eis por que sempre volto à minha mãe, pois ela sabe melhor do que eu por que nós a deixamos, ela saberia definir melhor do que eu sua própria feiura, que é também a minha, mas ela tem ainda muitas lágrimas para derramar, compensando a ausência de meu pai com seus gemidos de cadela, com a agonia de larva que se contorce por não possuir asas, e seja como for ela não tem asas e nunca teve, ela caiu muito antes de poder voar, o passarinho esquecido no fundo do ninho, perdido em sua casca, esmagado pelo vigor de seus irmãozinhos, como ela sobreviveu?, não sabemos, aliás, não basta sobreviver para se sentir vivo, é preciso saber andar sozinho, é preciso sair da cama de tempos em tempos, mesmo que seja para gemer em outro lugar, ir morrer no bosque, por exemplo, longe dos olhares da filha, morrer fazendo com que todos acreditem que ela quis fugir de sua infelicidade e ir para outro país, que ela quis conceder a si mesma uma chance de não ser mais larva ao deixar sua fortaleza de bela adormecida e, assim, ir ao encontro de um beijo que poderia lhe restituir a vida.

Mas eu já ia me esquecendo de que ela está velha e feia agora, ninguém quer beijá-la, nem mesmo os cegos, pois eles sabem sentir as coisas, sobretudo esse tipo de coisa, a velhice e a feiura, eles se afastariam dela como alguém se afasta de um verme, com a força do instinto que leva a mão à boca, eles cobririam a cabeça com os braços pois não basta ignorar o horror para se proteger dele, é preciso também acabar com todo e qualquer contato, mandá-lo aos circos e aos guetos, aos hospitais e aos campos, é preciso contê-la e não falar disso, ou falar disso somente no passado, e esses homens se afastariam de minha mãe imaginando, em suas cabeças de cego, uma mulher à altura do odor que ela exala, eles a enxergariam com a potência de seus narizes e orelhas, eles a reconheceriam pelo seu andar de bruxa, pelo barulho que os cabelos cinzas fazem quando caem, eles se esconderiam rogando a Deus para que ela passasse por eles sem percebê-los, e que se os visse fugir, ela os perseguiria até que eles se esquecessem do que existia antes, do perfume das flores e do canto dos pássaros, ela os perseguiria até que recuperassem a vista e retornassem às suas casas para nunca mais sair, e no final ela acabaria encalhada nas janelas das casas como as baleias encalham na praia quando se cansam de ser o maior mamífero marinho, ela então poderia cavar sua sepultura com as próprias mãos gritando o nome deles, gritando a noite inteira para ensur-decê-los com qualquer outro ruído e assim impedi-los de encon-trar o sono, para que eles se defenestrassem pedindo-lhe perdão, perdão por terem evitado até a morte o seu beijo, fazendo com que ela escolhesse entre a própria vida e a deles, sim, seria melhor que ela soubesse culpá-los por sua infelicidade e que eles perecessem por não terem desejado o seu amor, quanto a mim, digo que não se deve mais deixar as mulheres entregues à sua feiura sob a desculpa de que elas devem permanecer na cama sem se mostrar às crianças por medo de emudecê-las e de enve-lhecê-las de uma hora para outra, de que elas devem se manter longe dos outros e de suas aspirações à felicidade, é preciso ceder lugar a elas ou executá-las sem mais delongas, é preciso olhar para elas com um sorriso convidativo mesmo que se trate de um sorriso nervoso, daquele tipo de sorriso que quer que tudo acabe logo, aliás, por que a feiura serve apenas para as mulheres?, você não notou que nos contos de fadas todos os homens ou são corcundas ou sapos?, tudo o que eles têm é o desejo de seduzir as mulheres que não são sapos nem corcundas, as mulheres mais belas, mulheres imperativamente desejáveis que saberiam reconhecer seu príncipe entre milhares de pretendentes, mesmo que ele seja corcunda ou sapo, mulheres simétricas que se olham no espelho, espelho meu, quem é mais bela do que eu, mulhe-res que se olham encantadas com o volume de seus cabelos trabalhados pelo vento e com seus seios fartos de heroínas de quadrinhos, seios que servem de armadura, todo mundo dirá que a enfermidade não perdoa as mulheres, então o que fazer com elas senão entregá-las aos cirurgiões, maquiá-las e prometer a elas tudo do mais belo e do maior, do menor e do mais loiro, tirar proveito de suas preocupações de larva com cremes e hormônios, com sapatos que só podem ser utilizados na cama, sapatinhos de cristal para os quais fazemos fila em frente às lojas, pensando na bolsa que deveremos comprar e no guarda-roupa que será preciso trocar.

Talvez minha mãe nem sempre tenha sido assim, sem dúvida ela precisou de tempo para envelhecer dessa maneira, com uma velhice que a prende na cama, anos a perder a memória dos gestos do cotidiano, levantar-se, lavar-se, comer e amar, quando criança eu a achava bela, quer dizer, parece-me que eu a achava bela, não tenho certeza, eu a achava bela ali deitada sob o sol com seu maiô vermelho, eu preferia minha mãe às minhas tias que falavam de seus peitos, incomodando-se com a marca que as alças deixariam nas costas, ela era magra, creio eu, bem pequena perto de suas irmãs, e, juntas, as três amavelmente tomavam sol para bronzear suas peles de Branca de Neve, peles que começavam a arder na vermelhidão das queimaduras, elas já se preocupavam em esconder o que elas não eram, morenas e robustas, e em suas fotos de juventude, vê-se bem que minha mãe era bonita, ou melhor, que ela não era nem um pouco feia, é preciso admitir que somos sempre mais bonitos em fotografias preto e branco, a pele se torna clara e lisa, as vermelhidões desaparecem e parecemos ser muito mais jovens, ao menos dez anos mais jovens, afastamo-nos daquilo que somos à luz do dia, diante do espelho no início da manhã ou ainda sob a luz néon dos supermercados, e nos aproximamos de nossos sonhos sob os tons de cinza que às vezes emolduramos e colocamos sobre a mesa de cabeceira, desse modo minha mãe consegue contemplar da cama essa juventude, e no que ela pensa quando se vê assim tão jovem e bela?, não tenho certeza, talvez a velhice a tenha feito esquecer de que se trata mesmo dela, talvez não queira acreditar que seja ela na foto por medo de descobrir que mesmo quando jovem e bela meu pai não a amava, por medo de ter que procurar por aquilo que lhe faltava para ser uma mulher digna de ser amada, como o charme e a alegria, a esperança e a delicadeza, quer dizer, tudo o que se esconde por trás da foto, o sorriso que perdura além do flash, a segurança no andar e sobretudo na fala, pois minha mãe não fala e sem dúvida nunca falou, eis o que talvez mais lhe falte, as asas para voar e uma voz para falar, uma maneira de dizer as coisas que não seja por meio do crack crack que ecoa de seus dedos quando arranca as próprias unhas, barulho que deve ser silenciado a golpe de navalha, eis por que a sua boca se reduz a essa fenda muda, e se por algum milagre ela falasse, não pense que isso a despertaria, não pense que as janelas se estilhaçariam e que ela ficaria em pé no meio da cama, não, ninguém suportaria escutar seu discurso, ele permaneceria preso à cama por ter tão pouco a contribuir, a não ser pela foto de juventude, ou melhor, nem mesmo com isso pois as fotos não falam, elas apenas envelhecem como as pessoas, elas amarelam como amarelam os cabelos brancos, e logo a sua juventude emoldurada também envelhecerá, envelhecerá até que se esvaia a ideia de que houve para ela uma vida além deste quarto e desta cama, uma vida além desse envelhecimento que atinge tanto ela quanto sua foto, um lugar de onde não é mais possível escapar.

E o que os meus clientes pensam sobre tudo isso, sobre minha mãe e suas mulheres, sobre mim e suas filhas, sobre o fato de que suas mulheres estão morrendo e de que eles fodem suas filhas?, bem, o que você acha que eles pensam?, absolutamente nada, eu receio que eles tenham reuniões demais para presidir e que, fora delas, eles só pensem em gozar, e quando eles me confiam com um ar de tristeza que não gostariam que suas filhas fizessem tal trabalho, que eles nunca iriam querer que elas se tornassem putas, porque não há aí nada do que se orgulhar, eles poderiam dizer tudo isso se não se calassem justamente nesse ponto, então seria preciso arrancar-lhes os olhos, quebrar-lhes os ossos como poderiam quebrar os meus de uma hora para outra, quem vocês pensam que eu sou?, sou filha de um pai como qualquer outro pai, e o que você faz aqui nesse quarto, jorrando esperma na minha cara enquanto não quer que sua filha também o receba, enquanto na frente dela você faz seu discurso sujo de homem de negócios sobre as férias de Natal em Cuba e os novos programas de informática?, o que você faz aqui enquanto você teme que ela chupe todos os paus de todos os pais de todos os países, um atrás do outro?, antes de mais nada, quem lhe garante que ela mesma não seja uma puta, pois existem tantas delas, cada vez mais jovens e cada vez menos caras, quem lhe garante que ela não faça putaria com seu pai e seus irmãos, que ela não abra as pernas para todos os trajes de todas as profissões e que ela não esteja continuamente colecionando a mesma confissão dos pais que não querem que suas filhas sejam putas?, como essa massa de putas pode ter se formado assim, sem o consentimento do interesse público?, como suas filhas puderam abrir a boca para o primeiro que apareceu?, bem, elas se tornaram putas a caminho da escola, vocês se lembram disso, a pequena saia de colegial que o vento levanta para mostrar a calcinha branca, elas se tornam putas com o olhar que se volta para elas, e assim permanecerão até o fim, até que a velhice as atinja e as mande para baixo dos lençóis nos quais elas poderão repensar por muito tempo naquele momento da saia levantada pelo vento, repensar suas vidas a rebolar os quadris, e preste muita atenção pois elas envelhecerão de uma hora para outra ou quase assim, alguns clientes serão suficientes para que as suas preciosas fendas apertadas fiquem flácidas e para que, ajoelhadas na frente de um pau, o torpor substitua o espanto, e não vá pensando que elas são inocentes ou vítimas, elas procuraram por isso, inclusive elas só fizeram isso, elas babam por serem olhadas tanto quanto os homens que as olham, logo elas não ficarão mais coradas ao verem os casais se beijando nos bancos das praças pois elas já terão beijado muito, elas não mais visitarão suas avós pois terão se perdido no caminho, elas estarão onde poderão ser convo-cadas, despidas num quarto qualquer ou numa capa de revista, e então um dia vocês se encontrarão cara a cara e pensarão meu Deus, não é verdade, diga-me que estou sonhando, você se perguntará por que ela e por que eu?, você não compreenderá, você não compreenderá que é preciso se desdobrar em dois para jogar este jogo, um para bater à porta e outro para abri-la.

*

No bando que compõe meus clientes, há um segundo Michael
que já foi um Jack e que queria sem dúvida apagar seus rastros
mudando de nome, como se pudéssemos ser esquecidos em
razão do nome, como se os nomes interessassem às putas, no
final das contas talvez tenha se esquecido do nome falso que
ele mesmo havia se dado, talvez um dia ele tenha cedido a um
capricho antes de aparecer à minha porta porque estava cansado
de ser reduzido a uma única sílaba, porque queria experimentar a
frieza com que eu sempre o tratei, e esse Michael sempre chega
com as roupas pretas, o chapéu e o casaco que o caracterizam
como judeu, eu o batizei secretamente de corvo de Sabá, eu
o batizei assim por causa da aura fúnebre que o envolve, de
seu nariz de bico de águia e sobretudo de seus pequenos olhos
flamejantes dos quais não conseguimos desviar, o Michael que
arrasta seu judaísmo entre as pernas das putas que não são
judias, sobretudo das que não o são, ele deve cuidar para que a
comunidade não saiba que é possível ficar de pau duro para além
das leis de Javé, que a aventura pode ser procurada em todo e
qualquer lugar e até mesmo no ventre de jovens góis, acredite
em mim, ele me fascina, meu rabino que vem quase todos os
dias com cachos atrás das orelhas e sua camisa da qual pendem
grandes cordões amarelos, pequenos fios trançados que servem
para não sei qual prática de seu culto, a respeito do qual não sei
quase nada além dos pequenos chapéus redondos que cobrem
a calvície e da culinária kosher, das orações que são lamuriadas
perante um muro de pedra e da circuncisão, ele me fascina
porque me lembra Moisés, o homem de minha catequese e da
bíblia de meu pai, ele me lembra Moisés com sua longa barba
branca de velho sábio, parado ali com sandálias de couro que
pisam sobre a areia do deserto e com jeito de quem sabe de tudo,
sondando o céu e o mar para abrir um caminho, parado ali com
a dignidade de patriarca designado pelo dedo de Deus, o homem
de todas as virtudes incumbido de guiar a humanidade em
direção à Terra prometida, em direção a este quarto onde espero
por meus clientes, em direção à minha cama, a mim, onde todos

os povos se reúnem, os japoneses e os indianos, onde se ajoelha a multidão de homens que me mostram os paus, quanto a mim, eu sou a eleita e muito mais do que isso, eu sou a promessa no horizonte, o tempo de pegá-los com minha boca e de reenviá-los a seu deus, até que eles se recomponham e voltem às suas vidas em que pensam que são os únicos e os escolhidos, que estão no caminho certo, no mesmo caminho daqueles que detêm a verdade, penso em Moisés que bravamente suportava a escuridão da noite e a tempestade, carregando nos braços as tábuas da Lei como se carrega um recém-nascido oferecido ao sacrifício, sim, Michael é esse Moisés em torno do qual os raios caem como se o inferno pudesse vir do céu, como se a danação fosse rachar a cabeça das pessoas, os grandes clarões brancos que desvelam o povo do início dos tempos, o povo dos ídolos, o Bezerro de ouro que regia a celebração, Moisés, pai de todos os pais que dizem ter dormido com sua serva porque sua mulher era estéril, embora não seja certo que Moisés tenha tomado a própria serva, talvez se trate de Abraão ou mesmo Noé, pouco importa, trata-se de um homem entre homens de longas barbas brancas e jeito de velho sábio, um homem entre homens que de longe prefeririam as putas às suas mulheres, que honrariam a Deus em meio à putaria, sim, essa serva tinha um nome, ela se chamava Agar, ela tinha um nome, mas não basta ter um nome para estar em seu devido lugar, não basta ser citada na Bíblia para não ser puta, se eu tivesse sido essa outra mulher, Sara, juro que os teria matado com minhas próprias mãos, os dois, eu os teria matado com a raiva do Mar Vermelho e das sarças ardentes, eu teria feito isso bem antes que eles se tocassem, bem antes que o sexo do velho corvo encostasse no da jovem puta, e em seguida me voltaria ao céu gritando para que eu fosse enforcada, crucificada, para que eu morresse por ter sido traída, mas que tipo de deus é você para jogar os homens nos braços de suas servas e para deixar as servas servirem de putas?, e se, ao contrário, eu fosse a serva, eu teria me matado, teria desafiado Deus a me fulminar, a me transformar em estátua de sal para deixar a humanidade fora desse crime, para que, num outro lugar, a História pudesse ser diferente, na vida dos pais e das mães que caminham de mãos dadas assegurando-se de que a serva caminha atrás, na vida das crianças que sabem quem são seus pais e para que servem as servas.

E a cada dia é a mesma coisa com o corvo, toda vez o mesmo cenário, na verdade com a maioria dos meus clientes é assim, todos eles têm sua própria maneira de se excitar, de imaginar a série de espasmos e de suspiros que os levarão ao orgasmo, primeiro ele tira o casaco me perguntando se quero foder, se quero que ele me chupe antes e quais são os lugares que quero que ele chupe, ele me pede para que eu lhe mostre o quanto posso abrir as pernas e por quanto tempo posso permanecer assim, com as pernas abertas, eu lhe mostro, eis até onde posso ir, você está satisfeito?, não, é preciso abrir um pouco mais e então curvar as costas, jogar a cabeça para trás e deixar a calcinha ao lado, e talvez eu possa me virar de barriga para baixo e esfregar meus quadris nele, com a bunda bem alta, de início bem calmamente e, em seguida, com furor, tendo o cuidado de gemer a cada movimento, dou o meu melhor em tudo o que ele me pede, eu adoro foder à distância, ele na cadeira e eu na cama, ele e eu, cada um se masturbando ao ver o outro se masturbar, eu amo quando ele se masturba enquanto me faz perguntas, primeiro sobre o tecido de sua calça e em seguida dentro da calça, a mão que se mexe e esfrega, eu amo que sem me tocar ele me quer ao alcance de suas mãos, quer que um gesto se repita, um grito, quer me olhar como se assiste a um filme, com os olhos perdidos na tela, seus olhos escuros coroados com grossas sobrancelhas brancas, olhos que viajam entre os seios e a fenda, seria perfeito se ele continuasse assim, se ele não fizesse a besteira de todas as vezes se aproximar de mim para me penetrar, seus setenta anos esmagando minha pessoa, abra um pouco mais as pernas, minha querida, minha pequena goi que não vale nada, quanto a mim, eu fecho meus olhos ao sentir seu bafo de avô que busca por minha boca, não, meu senhor, você sabe muito bem que não beijo e que nunca o beijarei, sim, você me beijará, hoje você fará isso por mim, porque eu venho aqui todos os dias, porque eu sou um bom cliente, mas, senhor corvo, não quero te beijar justamente porque você vem aqui todos os dias, e se eu te beijar hoje, você me prometerá que não vai voltar amanhã, você me prometerá que jamais vai voltar, e seria bom se isso te fizesse gozar, a barganha do meu beijo em troca da sua partida, seria bom se ele não fosse tão cabeça dura, tão gordo, tão velho, e nessas enrolações inúteis, Moisés reaparece no pico da montanha, com os cabelos brancos bagunçados pelo vento, com os braços abertos para receber os dez mandamentos, o povo que o idolatra e a Terra prometida, sim, enquanto sua boca esmaga o meu rosto, eu me abandono à cólera de Deus, ao meu pai que nunca suspeitou que um dia eu me tornaria puta, que suas histórias ocupariam minha mente e que o fantasma de Moisés se espalharia sobre mim, ele não suspeitava que um dia eu me acariciaria olhando um rabino se acariciar, e o que ele teria feito se soubesse disso?, não sei, talvez ele fechasse os olhos para tentar se acostumar com a ideia, para melhor receber a dolorosa profecia de sua vida sobre a terra, a revelação de Moisés assíduo das putas, Moisés fodendo sua querida filha, sua única filha, então meu pai se demoraria diante da imagem de Moisés na pequena bíblia ilustrada que ele me dera, em que podíamos vê-lo com os braços envolvendo a tábua de pedra, a escritura caída do céu, lá de onde os raios se originam, meu pai demoraria diante daquela longa barba branca e daquele olhar do fim do mundo e, decepcionado com o fato de que Deus estivesse misturado a tudo isso, com o comércio entre sua filha e o rabino, ele teria jogado o livro contra a parede, os dez mandamentos envolvidos pelos braços de Moisés se quebrariam sobre o chão do meu quarto.

Cada dia é um dia em excesso no mundo da juventude, é preciso de tempo para compreender isto, para admitir que envelhecemos apesar do esforço e que nossa velhice não é como as demais, que agora não somos nem jovens nem velhas pois não estamos mais na vida, mas em outro lugar, sem dúvida em frente a um espelho, dançando e puteando com todos, para o prazer da multidão que envelheceu conosco e que também esqueceu de viver, por quanto tempo eu ainda deverei dançar e putear?, não sei, talvez até que os espelhos não reflitam senão minha miséria de puta e o medo que sinto de uma barriga que cresce, até que designem o meu lugar do lado dos espectadores, do lado dos que reivindicam a juventude dos outros, e talvez neste momento eu sorria sem pensar nas rugas que se formam com o sorriso, rugas que terão mais vida que todos os meus anos de juventude, que esta máscara de puta que faz careta e que está pronta para gozar, eu viverei feliz durante o tempo de me despir do meu sexo, experimentarei alguns minutos de alívio mas logo em seguida me lembrarei de minha mãe pois é preciso que os mais belos momentos sejam marcados pela visão de seu cadáver, então eu sorrirei para baixo e minhas rugas penderão cada vez mais para baixo até o ponto em que não será mais possível levantar os olhos em direção ao céu, nesse momento haverá para mim apenas o chão e as camas, cobrirei o rosto com um lençol, como minha mãe, clamando pelo esquecimento, permanecerei muda pois a única lembrança que terei é a de uma juventude que eu não soube viver.

E se eu bem sei o que me espera, é sem dúvida porque eu já cheguei lá, cheguei àquilo que me espera, ao sono e ao mutismo, eu já cheguei onde está minha mãe, pois ter vinte anos já é demais quando se é mulher, quando se é puta, é o começo das rugas e dos cabelos brancos e, sobretudo, da lembrança de que um dia não tivemos rugas nem cabelos brancos, é quando os olhares começam a mudar e não se fixam mais em nós, ao falar desse modo penso principalmente no homem da minha vida, no único homem que jamais será um cliente e que é meu psicanalista, o homem a quem pago para que escute a reiteração do que tenho a dizer, e talvez fosse melhor que ele me batesse de uma vez, que me batesse com seus punhos para reduzir ao silêncio esse discurso de morte que dá náusea e que é difícil de continuar, que se esgota destruindo seus objetos cada vez menos numerosos, e esse homem tem sua própria mulher, quem é ela exatamente?, será que ela sofre ao vê-lo se curvar perante a infelicidade de jovens putas?, será que ele se curva diante dela de vez em quando?, será que ele pensa nela quando me escuta?, será que ele pensa em mim quando faz amor com ela?, prefiro que tais questões não sejam respondidas, questões de mulheres loucas que berram para garantir que as respostas jamais surjam, e eu me pergunto, por que isto?, porque as respostas poderiam dar a impressão de que o discurso está errado, eis precisamente o que deve acontecer, você me dirá, colocar as loucas diante da enormidade do que elas dizem, sim, talvez seja desejável que essa confrontação se produza se o discurso não for a única coisa que elas possuam, seria melhor então que elas gritassem um pouco mais antes de serem internadas, seria melhor que elas quebrassem tudo o que elas pudessem quebrar antes de serem caladas de uma vez por todas, e aonde isso tudo as levará, se as deixarmos por aí, soltas, difundindo visões do fim do mundo?, a lugar algum, sem dúvida, elas não irão a lugar algum mas serão ouvidas, e aqueles que as escutarem não poderão mais ignorar o que a loucura delas evoca, a paisagem que compõe a vida quando ninguém é único e quando nada está em seu devido lugar, quando as mães abandonam as filhas aos cuidados do pai, quando as pessoas e as coisas se multiplicam e morrem sem que nada mude na ordem do mundo.

Seja como for, ele não consegue ver o que está me matando, ele não consegue ver mesmo que eu lhe diga repetidamente como tão bem sei fazer, repetir sem paradas ou variações até que minha fala se torne um zumbido, uma oração que lhe dirijo para exorcizar essa coisa que demora a acontecer entre nós, e o que poderia exatamente acontecer?, eu realmente não sei, um aperto de mãos que duraria a noite inteira, um beijo com muitas bocas a oferecer, e no final das contas tudo o que ele pode fazer é assistir ao jeito como me deito ao lado dele, como me coloco entre a súplica e a abdicação, tudo o que ele pode fazer é resistir em nome de todos aqueles que não resistiram, em nome daqueles que não ficaram comigo, e sem dúvida ele resiste, ele não pode fazer quase nada a não ser constatar quão doente estou por dizer o que digo, a propósito, do que falo incessantemente?, do que falo dia após dia?, pois bem, talvez eu fale dele, do único homem que eu gostaria de amar e que também é o único que não posso amar, e se não posso amá-lo, é sem dúvida pelas mesmas razões que o tornam um homem digno de ser amado, um homem em seu devido lugar, com esposa e filhos, um homem para quem eu sou uma menina e que jamais fará comigo coisas que todos gostariam de fazer, um homem são e equilibrado que nunca será mais que um psicanalista pago para resistir, e certamente ele decidiu que um dia um homem me amará e que eu também o amarei, como se isso acontecesse espontaneamente, como se o amor fosse uma fatalidade, querendo ou não um homem se colocará em meu caminho para me levar em seu cavalo, envolvendo-me em seus braços enquanto meus pés pairam, suspensos, no ar, eu e ele galopando em direção a não sei qual união eterna, e sem dúvida será um homem como ele, são e equilibrado, por que então as coisas precisariam ser assim, senhor psicanalista?, você sabe muito bem que não quero nada com esse homem pois só desejo aquilo que não posso ter, como você, por exemplo, eu te quero pois jamais terei você, pura e simplesmente, lógico como dois mais dois, o desejo que só conhece sua própria realidade, e você compreende muito bem que eu mereço a morte por causa dessa teimosia de ratazana que não sabe como voltar atrás, por causa dessa obstinação de besta cega que acabará morrendo por ter ido longe demais, você verá muito bem, eu morrerei por este compromisso que não quero estabelecer, sinto muito por todos os homens sãos e equilibrados que me amarão e, sobretudo, sinto muito por mim mesma, já que amarei os outros, todos nós acabaremos morrendo por causa da discordância de nossos amores.

E, acima de tudo, não pense que eu só amo pervertidos e desajustados, pais que não são pais, as figuras que encontro todos os dias, milhares deles passam pela minha vida sem que eu possa me lembrar de seus nomes que, de qualquer modo, eles não me dizem, Pierre, Jean e Jacques, nomes usados por homens sem importância, substituíveis como as putas com quem andam, devo admitir que é mais fácil reconhecê-los pela singularidade de seus sexos que pela singularidade dos rostos, aliás, neste tipo de comércio um rosto não serve para nada, não, o que é ter um rosto quando não podemos nomeá-lo?, pensando bem, trata-se sempre do mesmo, cliente após cliente, sempre o mesmo rosto que nos lembra alguém sem que possamos dizer quem, um tio-avô ou o namorado de uma amiga que partiu sem deixar endereço, sim, sei que tenho um nome, como é possível não ter nome neste mundo onde podemos pagar para trocá-lo?, eu me chamo Cynthia, você já sabe disso, esse nome não é verdadeiro mas é meu, o meu nome de puta, o nome de uma irmã morta que tive que substituir, uma irmã que nunca consegui compensar, antes eu me chamava Jamie e tinha os cabelos escuros, mas o nome não combinava comigo, diziam, era americano demais, vulgar demais, e eu sou do tipo francesa e sofisticada, ao que parece, então por que o nome Cynthia seria o mais conveniente para mim?, realmente não sei, talvez porque ele faça vir à tona a irresistível lembrança de uma outra, porque neste trabalho nós sempre fazemos os clientes recordarem-se de uma outra, porque agora eu sou loira e isso não tem importância, porque com o tempo eu perdi o ar francês e sofisticado que me tornaria digna de um nome francês e sofisticado, como Murielle ou Béatrice, Léonie ou Françoise, daí que nenhum nome consiga substituir aquele que já não tenho mais, meu nome de batismo que recuso e que você não conhecerá pois ele foi escolhido por minha mãe, ela escolheu para mim um nome comum, que milhares de mulheres possuem, um nome que não quero mais usar, nunca mais, a fim de existir além daquilo que foi pensado por um cadáver, a fim de deixar seu espírito de larva, há tantos nomes de puta que podemos escolher todos os dias, um para cada dia da semana e um para cada cliente, nós podemos até mesmo ter dois ou três ou até mais nomes por cliente, um para cada gesto, um para a chegada e outro para a partida.

O mundo de nomes emprestados não pode ser concebido fora de contexto, é difícil refletir sobre isso depois que o cliente e a puta se despedem e retomam suas vidas de gente de bem, suas identidades de homens de negócios, de pais de família e de estudantes, na verdade, este é um assunto sobre o qual não quero me debruçar, prefiro voltar ao meu psicanalista, que imagino com mulher e filhos, meninas e meninos, e que homem não seria feliz com tal mulher e tais crianças, que belo retrato de uma família unida e próspera, e não pense que estou sendo cínica, digo e repito, eu gostaria de ser um homem para ter mulher e filhos, para perseguir putas que teriam a idade de minha filha, eu adoraria não ser mulher para não rastejar em frente ao espelho, para evitar essa natureza de boneca, o que faz com que eu não me jogue em cima de rapazinhos com idade para serem meus filhos, isso se eu pudesse ter um filho, eu adoraria amar um amor de homem, amar a juventude e a beleza, gozar sem parar, no fundo eu gostaria de tantas coisas, mas é meu sexo que não quer, que não pode, que permanece agarrado às saias de minha mãe, às paredes, ao estrado da cama e às fotos amareladas, um sexo que não fica excitado, que espera pela carícia de um salvador para abrir seus olhos ou que morreu por ter recebido carinho demais, como ter certeza disso?, veja, eu não sei escolher entre o excesso e o nada, compromissos não são da minha alçada, e se este sexo que se dá a quem pagar não é capaz de satisfazer todos os homens, então ele não pode satisfazer nenhum deles, e aí você pensa, ao menos eu poderia satisfazer a mim mesma, pois bem, não, não podemos nos satisfazer com um sexo que não desejamos e que deseja apenas o que não lhe convém, um rei que já tem sua rainha e que sem dúvida não mais consegue ficar de pau duro tão facilmente, um rei cuja única aspiração é ver o nascimento de seus netos e reler, à luz da lareira, tudo o que já leu um dia, por que então eu deveria viver na esperança do encontro de dois sexos que só poderiam se aborrecer ao se verem tão excitados?, isso continua a ser um mistério, porque eu não sei renunciar a nada, nem mesmo ao que há de mais lamentável, porque tudo deve fracassar e isso deve acontecer mesmo que tudo seja destruído, é melhor morrer agora pois é disso que se trata, de viver o impossível ou de morrer, e quando o impossível é reconhecido pelo o que ele é, tudo o que resta para si mesmo é um percurso de encontros perdidos, a vida completamente nua e sem surpresas, sem messias nem Papai Noel, tudo o que resta é uma sucessão de velhos tempos de uma casa cujas fachadas estão por pintar e cujos canos se rompem.

*

Sou o único elo de meu pai com o cadáver de minha mãe, eu, sua filha querida que se suicidou mil vezes por afogamento na banheira de um apartamento perdido no coração de Montreal, eu, voltada para a janela cujas cortinas se fecham sobre o campus universitário McGill, sobre a intelligentsia anglófona, eu, tantas vezes sacrificada na mesma cama sem estrado, entregue a qualquer um por qualquer motivo, você precisa ver meus pais quando estão juntos, não se olham nem se falam, muito menos se tocam, só se referem na terceira pessoa, seu pai não vem jantar, sua mãe não está bem, seu pai trabalha todas as noites e sua mãe dorme o dia inteiro, seu pai não fala mais comigo e sua mãe não me responde mais, eles poderiam continuar a agir desse modo mesmo que eu não estivesse mais lá, quando eu morrer eles terão perdido sua boneca querida, que viveu para oscilar entre os dois e para levar de um a outro uma palavra difusa que não se dirigia a ninguém em particular, como eles puderam me conceber?, isso é um mistério, talvez estivessem apaixonados no momento em que transaram mas eu duvido, quase me esqueço que para ficar de pau duro ou para abrir as pernas não é necessário se apaixonar, não é nem mesmo necessário pensar, talvez isso aconteça de tempos em tempos mas eu não aconselho, é perigoso foder e amar ao mesmo tempo, fazer amor como se o amor fosse um procedimento, uma artimanha de vaivéns barulhentos durante a noite de núpcias e nos lugares indicados no calendário, artimanha pesada da exigência do antes e do depois, dos olhos que brilham em torno de uma garrafa de vinho e dos beijos de boa noite que deixam escapulir o gosto do esperma.

E neste ponto eu sou como um homem, se é verdade que os homens são assim, ao mesmo tempo predadores e indiferentes com o que fodem, em todos os casos eles amam dizer que são assim e que as mulheres, sobretudo as mulheres, não são, como se somente eles tivessem dificuldade para perguntar o nome da outra pessoa e quisessem fugir assim que sentissem aliviados, e digo que seria melhor se as mulheres pudessem se dispersar e tirar o peso das coisas, multiplicar os acontecimentos para não se recordarem de nenhum em particular, pois elas não têm mais tempo para isso, elas têm muita coisa para fazer, e se é desejável dilapidar-se a cada foda forçada, não é por um tipo de satisfação perversa, mas antes porque já vi muitos desses acasalamentos e porque precisamos ter uma ideia do que vemos, pois, quando se é uma mulher como bilhões de outras, é preciso saber estimular o que incessantemente estimulamos em nós, o desejo que busca se satisfazer por todos os meios e a repetição da satisfação, o desejo que se mantém firme e que não tem nada a ver com dor e nojo, choros e lágrimas, pois ele sabe exatamente do que se nutre, de dizer "sim, eu quero" sem esperar uma resposta pois não se trata de uma questão, é preciso saber excitar sem pedir permissão ou desculpa em função do medo de ter vivido sem gozar, do medo de ter sido uma mulher a vida toda.

E, agora, quero falar dos gestos simples do cotidiano, da mobília de minha vidinha de todos os dias, e, como não há muito o que dizer além do meu guarda-roupa de puta, das minhas fotos e do meu espelho, do creme que é preciso passar ao redor dos olhos antes de aplicar a maquiagem, estou na idade em que as rugas começam a aparecer, não podemos esquecer, trata-se da idade em que engordamos na barriga e em que a bunda desaparece, a bunda que cai sobre as coxas e as coxas que se enchem de varizes, então depois do creme vem o pó para a pele e a sombra para as pálpebras, o batom vermelho é passado sobre os lábios após o contorno ter sido traçado com um lápis, o rímel e o gel que deixa os cabelos brilhantes, o sutiã vermelho com bojo para aumentar os seios e todo o resto que não listarei pois você sabe muito bem do que falo, você está farto disso, aliás, eu também estou farta da repetição do que vemos por toda a parte e do que não queremos falar pois não se deve falar do que é feito para ser visto, não se deve sujar com nossas reflexões o trabalho que nunca paramos de admirar, as costuras da cirurgia escondidas sob a renda e as horas gastas esperando os hematomas desaparecerem, não é preciso falar, apenas procurar por uma nova mulher sobre a qual ejacular, uma nova juventude a remendar sob as luzes de néon dos salões de beleza, juventude cujos seios serão expostos para associá-los em seguida a um novo produto, a uma nova técnica para perder peso e a uma outra para limpar o banheiro, além disso, eu ainda não lhe falei do banho na banheira que encho de espuma antes de nela afundar, fico horas ali, esperando pelos clientes, horas recontando para mim mesma a história de quem eu deveria ser para me tornar admirável e para fazer impérios inteiros colapsarem repentinamente, nenhuma parte do meu corpo deve ficar fora d'água, tal é a instrução que me dei, exceto a cabeça e os dedos do pé, é fácil imaginar que tais partes não pertencem à mesma mulher, que na realidade duas mulheres estão debaixo d'água, uma viva e a outra afogada, com as pernas para cima, é fácil imaginar que o tronco e as pernas estão a ponto de serem separados por um truque de mágica, a mulher na caixa cortada por uma serra, um sorriso radiante de um lado e, do outro, os pés que se agitam para saudar o público, horas imaginando o fracasso da reconexão, o lindo rosto contraído diante do horror de se tornar duas, o pânico das pernas que perderam os olhos, eu desfruto tanto dos meus banhos que não tenho vontade de sugerir aos meus clientes que tomem um comigo, não se deve introduzir o sexo deles nesses instantes tão preciosos, nesse tempo perdido em que não penso neles, e ali também há um grande espelho com uma coroa de lâmpadas redondas, no total quinze lâmpadas, o que é bastante coisa porque assim não se vê nada além do próprio reflexo, e eu só quero me olhar de relance, de canto de olho, a essa altura já não quero me ver, inclusive a maquiagem foi inventada para isso, para nos dar um descanso da verdade, e todas as vezes que vou ao banheiro, devo desrosquear as lâmpadas uma por uma, até que reste uma única acesa, até que uma zona de treva se interponha entre mim e aquilo que aparece da minha imagem no espelho, caso contrário eu me petrifico, absorvida por meu rosto, que não reconheço e que exige toda a minha atenção, além do mais uma única lâmpada é suficiente para funcionar bem no banheiro, basta tentar apagar quase todas elas uma única vez para se convencer disso, todas as vezes o patrão me adverte, ele me diz que não devo tocar nas lâmpadas, pergunta-me por que faço isso, já que ao fazer isso eu as queimo, ao que respondo que a culpa não é minha, que se trata de um cliente louco, coberto de cicatrizes, que não quer se ver no espelho.

E eu também preciso lhe falar das lixeiras que ficam embaixo da pia da cozinha, os sacos verdes cheios de saquinhos brancos cheios de lenços viscosos e preservativos, a regra é que nos encarreguemos de esvaziar, quando cheias, as lixeiras do quarto e do banheiro nos grandes sacos verdes, um transbordamento pode intimidar os clientes, diminuí-los perante a potência acumulada da ejaculação dos outros, e estas lixeiras escondidas embaixo da pia são tão impressionantes que elas merecem um título especial, eu as nomeei de a grande descarga porque, nelas, o esperma dos meus clientes ao longo da semana se perde, o esperma tão universalmente amargo, tão totalmente estéril na fraternidade de valas comuns, há nas lixeiras a culminação de dezenas de horas de trabalho, do meu e de todas as outras que também trabalham aqui, e o esperma tem um odor típico, que não se atenua com o tempo, eu sei disso porque já cheguei a abrir os sacos para cheirar os lenços, para me impregnar do amor dos últimos clientes, um amor que me diz respeito em grande medida porque estou aqui o tempo todo, porque metade dos lenços amassados resulta da minha ação, da minha expertise em chupar, na verdadeira linha de produção que é a putaria, eis por que vivo, para estocar o desejo do maior número possível de pessoas, para garantir que os clientes se excitem além daquilo que eles desperdiçam nas lixeiras e deixam por lá exalando aquele odor, é preciso abrir o saco como alguém que coloca a mão sobre a boca do fogão, aproximando-se a ponto de sentir o calor, aproximan- do-se sem tocar, é preciso abrir o saco como alguém que adora sentir uma adrenalina, com o corpo dobrado sobre o parapeito de uma sacada do vigésimo andar de um prédio, os pés e a cabeça no ar, os braços abertos como as asas de um avião, abrir a sacola para nos convencermos de que poderíamos embarcar nessa para sempre, sem volta, mergulhar e morrer na multiplicação de meu pai, e há alguém que recolhe os sacos de lixo uma vez por semana, ao menos é o que me disseram, escolheu-se o domingo para a limpeza porque se trata de um dia morto, o dia do Senhor e da família, um dia em que os clientes fodem suas mulheres e em que a agência fecha as portas, e na segunda-feira de manhã não sobra nenhum dos pequenos tufos de pelos cinzentos que correm pelo chão, que se espalham por todos os cantos a cada corrente de ar, é uma pena, são necessários vários dias para que apareçam novamente, é preciso uma sucessão de clientes durante dois ou três dias para que se reencontre a sujeira que é indispensável para a profissão, muita facilidade pode levar a crer que a presença deles ao meu lado é natural, uma espécie de linha reta da evolução da espécie, é normal estar ali em uma cama que não é a sua, com uma garota que poderia ser sua filha, é preciso lhes instruir, informá-los do lugar que eles ocupam na ordem do dia, um lugar de nada, que só se mantém porque um outro os precedeu e porque um outro os seguirá, é preciso aborrecê-los, falar deles em termos de lenços amontoados nos sacos verdes, é preciso lembrá-los de quem eles são e de quem eles não são, enfiá-los de uma vez por todas ralo da pia abaixo para que desistam para sempre de fazer o que fazem, como fazem quando vão ao restaurante, analisando o menu, comentando cada prato, para que desistam de colocar os olhos sobre mim e sobre todas as outras que não sabem nada sobre mim, as outras que são normais, socialmente adaptadas, sincronizadas à sua putaria, ao estremecimento de seu sexo sobre o de seu pai, as outras que não compreendem o que digo porque têm mais o que fazer, pois elas não têm tempo a perder, elas devem se excitar com o pensamento de que são de fato excitantes, imaginando-se imaginadas, as outras tão ajustadas aos outros.

Mas além de tudo isso, do apartamento do qual já não há mais nada a dizer, você não sabia que na universidade eu estudava literatura, e você deve pensar, aonde esses estudos de virar as páginas de um livro me levarão?, bem, a lugar algum, não me levarão ao mercado de trabalho, fui eu que decidi desse jeito, se eu estudo é por um objetivo estético, estudo para ficar bonita, para fazer parte daquelas estudantes que não são ainda mulheres e que dizem ser extremamente excitantes, elas são dóceis e olham para vocês arrepiadas, sim, é justamente pela putaria que estudo pois é preciso saber permanecer coerente em relação a tudo, até mesmo no banco da escola, é preciso permanecer ingênua e fazer os professores ficarem de pau duro com o charme de jovens aprendizes que se curvam fazendo com que a pequena calcinha branca que elas usam apareça, e é verdade que os professores não se interessam por todas as estudantes, somente alguns, mas para os poucos que se excitam eu darei tudo, eu me oferecerei curvando-me sobre a mesa deles e sorrindo ao dizer que quero que me expliquem, contem-me, senhores, o que vocês sabem sobre a vida e digam-me no que creem, e eu deixarei que eles me olhem curvada e sorrindo até que percam a cabeça, até que me peguem de uma vez e sem perguntar o meu nome, de qualquer maneira um nome seria demais no fervor do gesto, ele se interporia inutilmente entre nós e não serviria para nada, a não ser para se perder entre os nomes de todas aquelas que teriam se oferecido antes de mim, e esses homens não pagariam para me pegar pois fui eu que quis em primeiro lugar, e inclusive eles não paravam de me lembrar disso, você quis, você quis, eles repetiriam como se isso dissesse respeito apenas a mim, como se não fosse exatamente o que eles também queriam, e eles todos continuariam a repetir isso até que não restasse mais que o meu desejo e o desejo deles combinados em palavras que não seriam mais direcionadas a mim, que seriam apenas uma fórmula para se consolar, a meio caminho entre a ameaça e o perdão.

Mas não pense que isso poderia acontecer, esse acasalamento do professor e da estudante sobre uma mesa qualquer numa sala de aula da universidade, de quatro, feito um cachorrinho, pouco importa a maneira, mais uma vez, o que desejo nunca acontece, sobretudo se desejo loucamente, e não é necessário ter passado por esse tipo experiência para chegar a tal conclusão, basta ser eu para compreender, é preciso ter um tipo peculiar de pensamento para repisar um mesmo problema desde o início, até que ele tome uma forma específica, avançar e recuar, querer e temer, amar e ficar de putaria, é preciso manter o hábito de

não permanecer no seu devido lugar e de só ir onde não se é
chamado, o que seria de minha vitória sobre os princípios morais
da horda universitária se isso realmente tivesse acontecido?, para
falar a verdade, praticamente nada, sussurraríamos nos ouvidos
que um abuso foi cometido e diríamos como meu pai repete
na hora dos noticiários, para onde vamos neste mundo onde
tudo é permitido?, nesse momento não restaria nada do que
eu quis, nada de mim e do meu desejo, tudo o que restaria no
espírito das pessoas seria o desconforto em relação àquela mesa,
onde as figuras de professores e estudantes seriam instaladas e
tão logo substituídas, infinitamente e ao seu bel-prazer, e aí já
não sei mais, talvez a esta altura eu também tivesse esquecido
do que se tratava, além disso eu jamais saberia do que é feita
esta coisa estúpida chamada explicação de um professor para
uma estudante, sem dúvida ela deve ser feita de quase nada,
da minha incapacidade de me manter longe de minha putaria
e de não colocar a serviço dela os meus mais discretos suspiros,
da minha mania de enfiar sexo em tudo, até nos estudos, que,
como digo a meus clientes, me aproximam mais da vida real,
aquela vida que devemos levar a algum lugar para evitar o medo
de tê-la vivido apenas em sonho, mas não se preocupe pois faz
muito tempo que conto histórias para mim mesma, desde sempre
conto histórias sujas para mim mesma, desde o dia em que meus
cabelos começaram a escurecer, desde o dia em que não quis
mais sentar nos joelhos de meu pai porque eu já estava envolvida
demais com meu sexo, já faz muito tempo que aprendi a afastar
a puerilidade de meus fantasmas e a mediocridade daquilo que a
vida permite, ademais, me preocupo com tais criancices mesmo
sabendo que se trata de algo pueril, mesmo sabendo que não as
desejo, quer dizer, que não desejo somente isso, sempre penso
nisso quando não penso em morrer, o fato de querer a morte
tem sem dúvida a ver com as cenas de foda entre um pai e uma
filha travestidos de cenas de foda entre um professor e sua
aluna, essas substituições não enganam ninguém e, no entanto,
deveriam enganar, seria melhor que elas pudessem enganar
pois a ilusão é vital para quem quer se desprender da verdade, e
faz muito tempo que descobri a natureza do que me corrói, e é

bem pior nesse caso, pois o nojo se atrela aos mínimos detalhes para invadir toda a paisagem, incluindo os clientes, os pais e o psicanalista, as aulas e os professores, o espelho e as aspirações de smurfette, de agora em diante, sabemos muito bem o que não nos espera, sabemos o vazio daquilo que falta e o compromisso das coisas que simplesmente são.

*

Jean da Hungria é o único húngaro que já pisou em Montreal, ao menos é o que ele diz, ele tem um bracinho que pende de seu ombro, um braço sem músculo que ele não consegue mexer, estranhamente inútil, um braço abortado, pendurado a meio caminho, uma folha de outono que resiste à passagem do inverno, ele só consegue deslocá-lo com seu outro braço em circunstâncias precisas, quando se veste ou quando se deita de costas na cama, às vezes ele o coloca atrás da cabeça, sorrindo para mim, como se fosse normal, e isso acontece naturalmente, tornou-se um reflexo, tal como pentear os cabelos antes de sair de casa para irmos ao trabalho, provavelmente ele nasceu assim, mas não tenho certeza, eis o mais estranho, nós nunca abordamos o assunto durante todos esses anos, nunca falamos disso, eu nunca soube a história de seu braço que inutilmente pende do ombro, que nunca participou dos nossos encontros, ele sempre permaneceu ali, entre nós, estranho, toda vez devo evitá-lo pois tenho medo de tocá-lo, e isso se tornou natural, um reflexo, toda vez minha mão acaricia com obstinação o outro braço, sempre, com um movimento vertical e frio, eu nunca me aventuro do outro lado do corpo, do lado do bracinho, embora não toque nele só penso nele, qual é sua textura?, este braço é frio?, eu adoraria perguntar por que ele insiste em mantê-lo, ele não poderia ficar sem?, amputá-lo?, seja como for, o braço não lhe serve de nada, a não ser para ficar pendurado e constranger as pessoas, a não ser para ocupar um lugar exagerado, eu gostaria de lhe dizer que é mais glorioso ter um braço amputado que um atrofiado em cuja ponta pende uma mão morta, e, sem ele, poderia fazê-lo viajar, dar-lhe uma história, uma reputação, eu o perdi na guerra,

esse braço era musculoso e hábil, ele matou muitos inimigos, eu
o perdi numa briga, quase morri de tanto sangrar, eu o catei e
caminhei com ele por dois dias, mas quando cheguei ao vilarejo o médico não podia fazer mais nada, já era tarde demais,
os nervos foram comprometidos, sim, ele poderia me contar a
epopeia de seu braço perdido, mas não, ele me fala de literatura,
ele não quer acreditar que sou estudante, espanta-se com o fato
de que em nossos dias, no nosso país, pode-se putear e estudar
ao mesmo tempo, e se entre nós só houvesse esse inassimilável
braço morto, eu não daria muita importância, mas há algo
mais, Jean tem uma grande cicatriz vermelha que lhe atravessa
o corpo, do pescoço ao umbigo, além disso, tem duas outras
cicatrizes que vão do alto das coxas até os tornozelos, grandes
marcas de cirurgias gritando em meio aos pelos pretos, sempre
digo a mim mesma que ele foi aberto como um sapo, de cima a
baixo, ele foi mutilado com instrumentos rudimentares e enfer-
rujados como nos países onde se faz a ablação, a ferida coberta
de lama e o sol escaldante que incita as moscas a botarem ovos,
e o que encontraram nesse peito, nessas pernas?, operaram ali
um coração?, extraíram nervos, medula?, não faço ideia, pois
nunca falamos disso, como ele pode ter tantas marcas assim e
não dizer nada?, como é possível agir como se isso fosse normal?,
foder uma puta que nunca viu algo assim, tão prejudicado?, e
eu sempre me perguntei como um pau pode jorrar em meio a
tanto retalho, como pode endurecer e gozar?, como rir, comer,
ter opiniões e um trabalho?, como ele consegue não notar a si
mesmo diante do espelho emoldurado por lâmpadas redondas
no banheiro?, sem dúvida, o amor existe por isso, sim, é nesse
sentido que o amor é mais forte que tudo, o amor de uma mãe
por seu filho, poderoso, transcendente, o amor pela carne de
sua carne, independentemente de como ela seja, rosada ou sem
pulmões, mas isso não é verdade pois não é com esse amor que
as mães amam, elas também podem não amar seus filhos mesmo
que eles sejam considerados normais, mesmo que eles tenham
vindo ao mundo sem atrofia ou cicatriz, talvez seja mais fácil
amá-los quando eles são enfermos, quem sabe, e Jean insiste
em me falar de literatura, não me diga, não me diga, ele repete

quando lhe conto que escrever é morrer, que a fala não requer
a presença do objeto para ser enunciada, que o objeto do qual
falamos poderia muito bem estar em outro lugar, enterrado
há três séculos, não me diga, não me diga, a magia, Jean-Paul
Sartre, a náusea que experimentamos perante o que se vive,
perante o que cresce sem se preocupar com a posição que ocupa
na história das ideias, sem levar em conta o fracasso da ciência
em substituir Deus, do religioso que se aventura no campo da
certeza, da química, da genética, da ironia a dois nos lençóis
amassados, fragmentos de noções lançadas caoticamente por
cada um de nós sem jamais falar do braço suspenso, sem jamais
mencionar as cicatrizes que gritam.

*

E no batalhão de homens que me rodeiam incluem-se também
os médicos, os entendidos da saúde que se encarregam de meu
sexo tão generoso consigo mesmo, sexo que se entrega à ciência
e aos aparelhos ginecológicos com o mesmo relaxamento com
que o faz em outros lugares, na cama com os clientes, gemendo
em um divã ou ainda se esfregando nos joelhos dos professores, eu nua e de costas olhando para o teto, as pernas abertas,
os pés apoiados no suporte de ferro branco, eu quase nua e
esperando que finalmente se ocupem de mim, do meu caso de
louca infectada, e então o gel, as luvas e a frieza da inspeção,
a espátula e a palavra do médico que revelará o que há nesse
lugar que só consigo imaginar através daquilo que mostram
nas revistas médicas, e me dizem que tudo parece estar em
ordem, que o colo do útero não apresenta anomalias, que talvez
ele esteja um pouco avermelhado mas nada preocupante, em
seguida me perguntam quantos clientes eu vejo por dia, seis
ou sete, depende do dia e do meu humor, da minha preciosa
resistência ao que é oposto ao instinto, e eles me dizem que terei
os resultados em uma semana, que me telefonarão se os testes
derem positivo e que devo retornar em três meses, talvez você
pense que estou aliviada com a normalidade de minha fenda de
puta ligeiramente sobrecarregada, a vermelhidão é prova disso,

pois bem, não, no fim de cada consulta peço para que repitam o
que acabo de ouvir, seja honesto, senhor doutor, como é possível
que eu esteja normal quando tento declarar que estou a ponto
de morrer?, como meu sexo pode estar normal se ele se encontra perdido em uma rede de trocas em que não é mais possível
sequer reconhecê-lo?, assim passamos da doença do meu sexo
à doença da minha cabeça que deve ser remediada com alguns
comprimidos para que ela se associe ao meu sexo em seus automatismos e em seus tiques de autista, preciso de comprimidos
para me animar durante o dia e de outros para dormir à noite,
preciso de muitos comprimidos pois acabamos desregulando
nosso equilíbrio bioquímico graças a esse tipo de discurso como
o meu, ao premeditarmos tudo o que não acontecerá, tudo o
que não pode acontecer, a morte acompanha as sinapses que eu
não sei mais silenciar, e preciso lhe dizer que este cérebro não
é meu, é o da minha mãe, pois, à medida que envelheceu, ele
adquiriu seu status de larva, ele cresce para baixo sem que eu
me dê conta e se fixa no solo por medo de ser melhor que ela,
veja que jamais podemos ser melhores que nossa mãe, sobretudo
se ela morre por conta da própria insignificância, isto poderia
acabar com ela, ver-se vencida por uma criança de quem ela
exigiu a fiel companhia, enquanto o pai corria atrás das putas,
seria então preciso cuidar dela antes de mim, duvido muito que
o contrário seja possível, bastaria que eu pensasse nela uma
única vez para que minha cabeça se tornasse a dela, creio que já
disse isto, carrego minha mãe nas costas e nos braços, pendurada
em meu pescoço e enrolada como uma bola em meus pés, eu
a carrego de todas as formas e em todos os lugares ao mesmo
tempo, eis por que seria preciso cortar minha cabeça, arrancar
minha pele, seria preciso destruir tudo o que ela marcou com
sua mordida de cadela quando eu ainda estava no berço, seria
preciso me esquartejar até que restassem somente os ossos, até
o ponto em que não houvesse mais superfície para ela depositar
seu fardo, eu então me tornaria alguém que não ela, sem dúvida
eu estaria morta mas teria realizado uma façanha, não ser a
filha de ninguém, finalmente chegou a hora de tirar a boneca
de minha mãe, sim, as mães são como pássaros na gaiola, elas

têm necessidade de público para começar a cantar, eis por que elas se olham demoradamente no espelho, contando as manchas marrons que lhes cobrem as mãos, tagarelando sobre sua infelicidade como se estivessem diante de um público, como se esse público pudesse chorar com elas por terem sido despejadas do vilarejo das putas, elas se olham para atraírem atenção e para se certificarem de que sempre serão vistas, prontas para integrarem suas histórias cheias de rugas que elas não param de esconder, elas se olham para terem a companhia de uma semelhante e para contarem para si mesmas o quanto a vida é cruel por lhes impor a exigência de serem vistas mesmo quando não há ninguém para olhar, elas contam para si mesmas como esta vida de gaiola é a única que elas podem levar, pois com o tempo elas perderam a força e de agora em diante só há vida no microcosmos das baratas que crescem em algum canto úmido das paredes.

E já cansada desse jogo de espelho em que olho para minha mãe e ela me olha de volta, em que uma insulta a outra por causa de nossa semelhança, fiz um gesto para meu pai, bem, suponho que foi isso que fiz pois tive que falhar uma primeira vez antes de decidir detestar completamente a vida, e as coisas sem dúvida poderiam ter sido diferentes para mim se não fosse a piada do meu pai de me chamar pelo nome de minha mãe quando ele se irritava, a cólera fazia com que ele se esquecesse que eu não era ela, ele me chamava pelo nome dela e não era só isso, pois ele também chamava minha mãe pelo meu nome quando se irritava, devo admitir que meu pai era nervoso, ele sofria de um tipo de dislexia que o fazia trocar tudo de lugar quando ele começava a soltar palavrões, ele realmente poderia ter se esforçado se tivesse mantido a calma para nos discernir, sim, pois na vida é preciso saber respeitar a ordem de chegada dos membros da família por medo de nunca mais encontrar o caminho de volta ao sair da escola, por medo de confundir o lobo mau com sua própria avó e de não dar mais crédito às pessoas pois elas se confundem na nossa incapacidade de identificá-las, sim, minha mãe realmente tem um nome próprio que não é o meu, ela se chama Adèle, ela tem um belo nome, que poucas mulheres têm, mas para meu pai é inútil que as coisas sejam raras ou belas pois ele sempre as confunde, mesmo que elas estejam penduradas em seu pescoço por meio século, mesmo que elas estejam em sua casa, em sua cama, eis por que ele espera o dia do Julgamento, o fim dos tempos que virá destruir tudo aquilo que pode ser nomeado.

Mas com certeza ele deve saber que minha mãe está morrendo e que sou puta, ele sabe e talvez até goste disso, ele deve pensar em mim quando se diverte com as putas, da mesma forma que penso nele quando os clientes se divertem comigo, você se lembra, a porta que se abre para o outro cliente e a surpresa de que não há ali uma qualquer, olá, papai, sou eu sua esposa-filha que se apresenta a você sob a forma de uma puta com um nome que não é o dela, o nome de sua filha morta, a quem devo o fato de estar viva porque foi seu pequeno cadáver que os empurrou em direção à cama, seja como for, não importa se ele sabe disso ou não, pois o importante sempre é que o prazer encontre seu caminho, é preciso ficar de pau duro e gozar a todo custo ou deixar o pau duro e fazer gozar, é preciso pagar ou receber, esvaziar-se de seu esperma ou recebê-lo um pouco na cara, não se deve esquecer que se os homens pagam as putas não é para fazer com elas o que eles fazem com suas mulheres, e a crença de que eles são os únicos a ter prazer é um erro, sei disso pois graças a Deus eu tenho prazer, algumas vezes o que fazem comigo precisa ser agradável, é preciso extrair algum tipo de prazer já no início do dia, do primeiro cliente até o terceiro, pois a partir do quarto já começa a ficar difícil, é a repetição que torna esta profissão repugnante, a repetição dos mesmos gestos que nada ou pouco satisfazem, a não ser a tensão do outro, cuja natureza acabamos por questionar, gestos mecânicos e dolorosos de bonecas despenteadas que sonham em tomar sol e vestir maiôs de banho enquanto escorregam a boca num pau, e todas as vezes dizemos que seria bom ter mais uma hora, mais uma hora para ter mais dinheiro e para comprar novos sapatos, mais uma hora para se fazer de puta até o limite, até que se desmaie ou algo pior, até que não se possa mais andar por estar sempre de joelhos e até que se morra dilacerada por ter aberto demais as pernas.

Para os antidepressivos não digo não, enquanto espero pela morte de minha mãe desejo tomar tudo o que podem me oferecer, comprimidos azuis para o dia e brancos para a noite, quero rir uma risada falsa e sem razão, sob efeito da dopamina, rir enquanto encontro forças para me matar, não sei por que ainda não fiz isso, por que ainda estou aqui dizendo para mim mesma o que farei mais cedo ou mais tarde, talvez porque deva me convencer do modo como ganho dinheiro, acrescentando uma hora a todas aquelas horas, na esperança louca de ver um salvador aparecer em meio ao excesso de carícias repetidas, veja você, eu teria que submeter o mundo à minha desordem para saber algo sobre isso, sobre minha desordem, seria preciso que eu a observasse em grande escala para daí derivar uma equação, uma pequena fórmula mágica que fixaria a cor nos tijolos dos edifícios cheios de escritórios e que faria com que as flores se abrissem, seria preciso que o psicanalista abandonasse sua cadeira para me encontrar onde estou quando não estou no consultório dele, que ele deixasse para trás a família e que ele me arrancasse à força dos clientes, que ele deixasse sua cólera cair sobre meus pais e que ele me transformasse em um estudo de caso, a história da minha sobrevivência junto ao cadáver de minha mãe e da tragédia de meu sexo que se joga na boca do lobo, enfim que ele fizesse qualquer coisa que não fosse me redirecionar ao eco de minha queixa, repetir minhas considerações como se tudo tivesse que ser dito duas vezes, uma vez para mim e outra para ele, uma vez para contar minha infelicidade e outra para assinalar a inutilidade dela, uma vez para respeitar o procedimento e outra para justificar o dinheiro que dou a ele, e eu conheço muito bem a queixa de neurastênica, infelizmente ela se cristalizou e não há volta, ela parece ser uma tela que não esconde absolutamente nada, pois com o passar dos anos somente esta tela esteve em minha vida, cascas de cebola que revelam outras cascas de cebola, há muito tempo meu pensamento percorre o mesmo caminho, via crúcis de puta que não tem mais nada a expiar, a não ser a miséria de sua trajetória absurda mas nem um pouco surpreendente.

É improvável que meu psicanalista deixe de ser um psicanalista, que ele seja só meu e eu só dele, ele e eu no cotidiano tranquilo do casal que se ama, e que eu seja incurável não é mais da conta dele, ele é pago para aguentar, não se deve esquecer disso, para manter o papel do psicanalista que confia em seus métodos, pois o que seria do tratamento se ele largasse mão de tudo diante dos meus silêncios e da monotonia do meu discurso?, não faço ideia, seríamos dois desistentes e finalmente nos uniríamos na derrota, como as pessoas derrotadas fazem tão bem, daríamos as mãos e os cotovelos lamentando que não poderíamos ser ao mesmo tempo sãos e apaixonados, brindaríamos à vida com a risada doentia das pessoas que se safaram dela por um triz, brindaríamos até à derrota das técnicas e à vitória do inconsciente, embora eu não acredite nesta reserva de pulsões que deve acabar cedendo à pressão da expertise e desvelar a morbidez de seus próprios mecanismos, eis por que seria vão querer localizar aí as relações entre duas palavras ou dois sonhos, ou qualquer outra coisa que descrevemos longamente nos livros, aqueles cuja leitura seria igualmente vã, falta-me tudo o que é necessário para a cura, o órgão e a doença, o remédio e o desejo, se eu estivesse doente seria uma boa notícia, quero dizer, doente de uma doença que tenha um nome e que possa ser diagnosticada sem ambiguidade, senhoras e senhores, estou doente de tal coisa, desta doença que existe pois ela tem um nome, e atualmente estou doente por não poder nomear o mal que tenho, e você verá que morrerei disso, das palavras que não me dizem nada pois aquilo que elas designam é bem mais vasto para que possam me interpelar, e ainda assim muito pouco para que possam me desassociar de minha mãe.

E se ainda hesito em me matar, é porque tenho medo do que me espera, ao menos é o que me parece, tenho a cabeça cheia das histórias que meu pai contava sobre o inferno e seus tormentos, os sete círculos dos sete pecados capitais que se fecham sobre centenas de milhares de corpos em queda livre, todos em direção a uma fogueira alimentada também de centenas de milhares de corpos amontoados durante séculos, milhões de bestas maliciosas com chifres e o diabo que reina no meio de suas valas comuns superlotadas com obesos e raivosos, lascivos e invejosos, isso não é verdade, você dirá, são invenções do clero para aterrorizar as pessoas do povo e dar um conteúdo às suas angústias, é verdade que seria imprudente deixá-los vagar sem rumo, que não seria saudável permitir que vivam suas vidas impunemente, e como acreditarei em você se você não é nada para mim?, se você não construiu sua vida por meio do assassinato de sua própria pessoa e muito menos por meio do assassinato de sua mãe?, e se tudo isso não fosse verdade para você, mas somente para mim?, e se Deus tivesse criado o inferno especialmente para me fazer sofrer ainda mais?, quem sabe qual seria minha pena?, quem sabe quantas carícias de leprosos eu teria que aguentar?, e se eu reencarnasse?, que horror seria carregar meus genes de suicida em uma vida na qual eu deveria conquistar o que perdi nesta, e então lhe pergunto, por que eu deveria viver várias vidas?, sem dúvida para sentir um asco ainda maior de mim mesma e para colocar à prova minha tolerância em relação ao que há de pior em todas as épocas e em todos os países, para finalmente merecer não sei qual lugar de perfeição que de antemão já me dá nojo por ser da mesma natureza do inferno, de duração intolerável.

*

Tenho duas ou três colegas com as quais saio de tempos em tempos, não as considero amigas, somente colegas, e creio que já disse isto, nós frequentamos baladas eletrônicas pois não é necessário nos conhecermos muito bem para nos divertirmos nesses lugares, a música é muito alta e, com isso, evitamos as mesquinharias, há muita gente e, com isso, evitamos os olhares de hienas, tenho duas ou três colegas com quem tento conciliar o que se passa na minha cabeça e o que se passa aqui, neste apartamento localizado no coração inglês de Montreal, inclusive elas são jovens putas como eu, é preciso dizer que não discuto mais com as outras mulheres, as verdadeiras, as mulheres do mundo, coisas demais nos separam agora, a maneira de se mover e de falar, o corpo que não é mais o que deveria ser, que ocupa espaço demais, e juntas conversamos gentilmente sobre nossa prática de puta e sobre os clientes mais bizarros, sobre Michael, o cão, e Michael, o judeu, sem contar todos os que jamais conhecerei porque eles não curtem as baixinhas, porque eles preferem as morenas às loiras e porque eles não suportam pele branca, desde que virei puta todas as minhas amigas também se tornaram putas, elas já eram ou se tornaram, a putaria é contagiosa, ter tanto dinheiro quanto se quer, gastar até enjoar, não ter interesse algum a não ser o de se inclinar em direção aos paus e abrir as pernas, e você não faz ideia de como e quanto, você nem mesmo suspeita que existam estudantes dispostas a tudo para continuar com os estudos, para pagar as contas no fim do mês, quando estamos entre nós, não há nada que se possa dizer para dramatizar ainda mais nosso status, inclusive só falamos disto, da desculpas que damos aos outros por sermos putas, e quando se trata dos clientes não há nada que não tornemos público, as manias e as gorjetas que às vezes nos deixam, o quanto babam e fazem cócegas na parte de dentro das nossas coxas com a língua, a certeza de serem grandiosos e fortes, de terem tudo para agradar as mulheres, suas ideias fixas de querer dar prazer tanto quanto recebem, e nos perguntamos se é preciso ser perverso para pagar alguém para foder ou se, ao contrário, os perversos não são minoria nesse meio, sim, segundo nossa expertise de putas que tagarelam em torno de uma mesa, com uma taça de vinho tinto na mão, decretamos que os verdadeiros perversos sabem seduzir suas presas, que eles podem impor seus julgamentos ao desejo dos outros, que eles têm lábia e carisma, e que portanto, para gozar, eles não têm necessidade de pagar por mulheres, e por que eles querem poupar as próprias filhas frequentando as putas?, por que eles não seduzem suas sobrinhas e secretárias?, os perversos não são sempre perversos, tanto no trabalho quanto em casa?, enquanto discutimos essas questões eruditas, nos maquiamos, arrumamos nossos cabelos, experimentamos roupas investidas do desejo de que elas sejam muito apertadas para todas as outras que gostariam de usá-las, do desejo de que elas façam com que suas bundas pareçam mais gordas, mais caídas, preparamo-nos para ir ao Black and Blue ou ao Bal en Blanc, enfim para a próxima rave no estádio olímpico, um casulo de cimento em torno da festa, e que felicidade em parecer bela para todas aquelas pessoas, para vinte e cinco mil pessoas fulminadas pelo som e pela luz, mãos desconhecidas que agarram sua cintura quando você passa, beijos molhados no pescoço e virilhas pressionadas contra você, pedindo apenas por você, saímos em grupo, cobertas de plumas e paetês, saímos para nos perder na multidão, para vagar entre as pessoas que dançam com um sorriso inquietante, com as pupilas dilatadas pela droga, o mundo é tão belo sob o efeito do ecstasy, as pessoas são transfiguradas pela alegria, seus rostos tesos por efeito das anfetaminas e do amor transbordante, com os olhos esbugalhados de fraternidade, eu te amo tanto, você é tão bela, tão belo, milhares de pessoas sob a pressão do ritmo que se repete ao infinito, e a multidão precisa ser vista de longe, é preciso observá-la do alto das arquibancadas para que se tenha uma visão geral, para que se veja a multidão sobre a qual se projetam as luzes multicoloridas, pulsando como um pulmão gigante, a multidão forma um corpo único, um órgão quente e musculoso, uma massa compacta e vibrante formada pela multiplicidade de pontos saltitantes, e neste volume extraordinário, impensável em outra circunstância, a música parece vir do interior, ela parte do ventre como um orgasmo, e todos se beijam e se massageiam ao sabor do acaso, dizem que isso é tribal, orgiástico, a reativação do início dos tempos, a comunidade humana tal qual era outrora, há muito tempo, a humanidade dos rituais e das possessões, do sobrenatural e do excesso, a humanidade de antes das leis, das pulsões e dos deuses, do culto da lua cujo mistério ainda não havia sido revelado, da abóbada estrelada da qual se espera somente a benevolência de não desmoronar sobre a cabeça dos gauleses, e o sol que corria o risco de não reaparecer no amanhecer, a magia do mundo que ameaçava nos engolir a qualquer momento.

Você pode perceber muito bem que não estou sozinha, que estou bem acompanhada, nesta profissão não escapamos da multidão, ela nos segue em todos os lugares, até mesmo neste quarto onde de tempos em tempos devo transar com uma outra a pedido dos clientes, fazendo aparecer uma porção de mulheres diante deles, que se excitam por considerarem todas nós cadelas, esperando apenas o momento em que nos dão as costas para nos satisfazermos entre nós, e a regra é que cada uma escolha uma parceira para formar um dueto e dar um espetáculo, eu escolhi Danielle pois é a mais velha da agência, não corro o risco de ser eclipsada por seus vinte e oito anos, quando estamos juntas me esforço um pouco mais que o habitual, grito um pouco mais forte pois a presença de uma mulher ao meu lado torna a comparação inevitável, esta aqui é mais bela, aquela lá é menos ativa, é aconselhável me dedicar porque não há nada como outra mulher para me recordar que não estou à altura, nada como a pele de uma outra para que as imperfeições da minha se sobres- saiam, e mesmo quando somos duas atendendo os clientes, a cabeça de uma entre as pernas da outra, só há lugar para uma, sempre, somente uma pode triunfar pois os clientes fatalmente têm uma preferência, eles só se interessam por uma ou por outra, eis por que escolhi Danielle como parceira, porque ela raramente triunfa, porque ela é minha coadjuvante, coadjuvante gorda demais, velha demais, Danielle que destaca minha elegância, minha juventude, que me faz triunfar e que acima de tudo não se preocupa, não, ela não é como eu, ela não tem necessidade de ser a smurfette, a princesa dos duetos lésbicos, bem, pelo menos é isso que ela me diz quando estamos sozinhas, ela não se preocupa mas no caso dela nunca se sabe, ela pratica essa farsa há muito tempo, há dez anos, três vezes mais que eu.

Mas pouco importa pois nós sempre discutimos uma coisa ou outra, e isso me deixa feliz, uma conta para a outra as histórias terríveis vividas em Nova Iorque, todo o dinheiro que poderíamos querer, o champagne e as limusines, as celebridades e a cocaína, uma conta para a outra como é a vida das pessoas ricas, dos homens de lá que buscam a companhia de um animal doméstico por uma noite, um fim de semana, dos homens que são doentes porque têm tudo o que querem, e uma conta para a outra sobre seus problemas com a polícia, sobre a prisão, sobre o perigo de ser sequestrada, cortada em pedaços e jogada no esgoto por loucos encarregados de uma missão, loucos que querem limpar o mundo de seu pecado, de sua feminilidade, uma conta para a outra quão eletrizante era tudo isso no início, a adaptação e o torpor, a dificuldade de mudar de vida, de viver sem dinheiro, mau hábito do qual não chegamos a nos desfazer pois ele está integrado a todas as atividades do dia, a piscadela dos cílios, o ato de se maquiar, de se pentear, de rebolar e de excitar, e finalmente a morte, a sensação de ter visto de tudo, de ter escutado de tudo, de ter ido até onde não se deveria ir, tão longe que é preciso continuar, a impressão de ter esgotado todas as combinações e, em seguida, o peso dos gestos que se repetem, que engendram as mesmas reações, os mesmos grunhidos de cães contentes, de cães babões, de cães de Pavlov, com paus automáticos, que se erguem com o toque da sineta, os automatismos do homem adequado, adaptado, satisfeito por ter gozado, e em seguida o desgosto pelo desejo dos outros porque você não tem mais nenhum, porque não há mais sineta.

Contamos uma para a outra aquilo que todas as putas acabam contando quando falam por muito tempo, e é preciso que ela esteja aqui comigo para falar e dizer as mesmas coisas, uma diante da outra, as duas narrativas em paralelo, percorrer de trás para frente todas as etapas até o ponto zero da iniciação, do primeiro cliente e ainda mais, até a cama de nossos pais, de onde nós saímos, precisaríamos jurar fidelidade, declarar-nos uma para a outra, sermos como são as siamesas, prisioneiras de sua semelhança, obrigadas a se amarem, a estarem sempre bem para que a outra também esteja bem, pois, quando uma não vai bem, nada mais vai bem para a outra, as duas cada vez mais infelizes por uma causar a infelicidade da outra, imediatamente contaminadas pelos olhos marejados, pelos suspiros, pelo tremor das mãos, pela menor pontada no coração, o efeito exponencial de sermos duas, até a morte, as duas irmãs em queda livre que se amam apesar de tudo porque elas não têm escolha, eu adoraria que ela estivesse aqui comigo para ficar de guarda, em frente à porta, até a chegada do próximo cliente que está atrasado, até a chegada de meu pai, para que ela me sirva de escudo, olhe, papai, aquela com quem fodo perante os clientes, aquela que talvez você já tenha fodido, olhe-nos antes de deixar o quarto e de invocar o nome de Deus, para que sua condenação caia sobre minha cabeça, sobre seu pau, veja como sou a melhor, sua filha única, e então você poderá rapidamente correr de joelhos ao seu deus, pedir-lhe perdão por mim, dizer-lhe que me matarei por ele, que lhe imporei esta prova para que ele se torne ainda mais grandioso, para que ele se mostre forte e ganhe seu céu, seria preciso que eu e ela fizéssemos isso, criar uma nova linguagem, falada apenas por nós duas, feita de palavras que se ajustariam ao que precisaria ser dito, palavras secretas que nos tornariam invulneráveis, acabando com pais, clientes, com tudo o que poderia perturbar nosso ecossistema, e seria preciso recusar qualquer homem que não nos amasse com um amor igual, que não nos desse uma igual parcela de atenção e de carícias, um cuidado compartilhado como é conveniente ter com os seios, um de cada vez, mesmo que um seja menor que o outro, mais tentador que o outro, mas Danielle não está aqui e nunca estará, bem, ela nunca será o que ela precisaria ser, ela é casada e tem até filhos, ela ama as tardes de domingo, ela me disse.

*

Às vezes tenho tempo de ler algumas páginas de um romance, tempo de imaginar o que eu poderia ser se eu não fosse eu, se eu não estivesse aqui esperando o tempo todo, penso no próximo texto a escrever para minhas aulas de literatura, penso em Antonin Artaud que sofria ao ver as mulheres grávidas, que morria ao imaginar as crianças que nascem entre essas que já são muitas, penso no presidente Schreber e em sua cosmogonia de nervos, em seu abraço em Deus, Schreber, a carniça que queria repovoar o universo com uma nova raça de homens, penso nesses homens que eram loucos e na sua loucura tão distante da minha, das minhas preocupações em levantar os seios e colocar apliques nos cabelos, esses homens que não tinham tempo de olhar mulheres como eu passar pois eles tinham mais o que fazer, e acredite, seria bom delirar como eles, acessar respostas que teriam vindo do outro lado do universo, a revelação de si que poderia ser decifrada nas estrelas, seria belo se o ruído mais sutil das folhas fosse para mim, indicando meu lugar, meu destino, a loucura que me acompanharia em todos os lugares e a vida que teria um sentido, um verdadeiro sentido, aquele de ser alguém a quem se aponta o dedo e que não se pode esquecer, demoraria muito para me tornar uma mulher e para me distinguir das outras, primeiro seria preciso parar de me confundir, que nunca mais alguém me abordasse para dizer que pareço com tal pessoa, com uma antiga amiga ou uma cantora popular, muito obrigada, fico lisonjeada, fico feliz por estar assim presa entre os homens e as mulheres que eles almejam, e se continuo aqui, nesta cama onde me esquecem, é porque não posso agir diferentemente, porque não se escolhe ser louco, gritar para ser ouvida toda vez que o vento cai, mobilizar o universo para fazê-lo girar em torno de sua cabeça, e quando um cliente finalmente chega, ele pergunta meu nome para se assegurar que sou exatamente aquela de quem lhe falaram, ao me deixar, ele pergunta novamente meu nome porque já se esqueceu, quem sabe para uma próxima vez, ele diz, pois talvez ele queira me ver de novo, a mim e não outra, ver-me pois sou a melhor, bem melhor que Beverly, sou a menor mas a mais sensual, ele se pergunta para que serve ser grande quando se é egoísta com sua própria pessoa, quando não se quer compartilhar sua grandeza, quais são meus horários, se trabalho mais durante o dia ou a noite, se estou aqui na terça e na quinta, ao que respondo que me chamo Cynthia e que só trabalho de dia, que é triste demais trabalhar à noite, sim, quando o dia cai, é preciso acender as luzes no interior e eu detesto o efeito das lâmpadas na brancura de minha pele, depois das cinco da tarde este trabalho se torna francamente mórbido, é a prostituição, a das ruas e da malandragem, e devo permanecer no quarto até meia-noite, enquanto poderia estar em casa dormindo como todo mundo, sim, é preferível ficar aqui durante o dia pois podemos fazer de conta que temos uma vida real, uma existência das nove às cinco, fazer de conta que acabamos de sair do metrô, do trabalho, e que em seguida vamos nanar, é mais saudável, e os clientes que encontramos nesse período também são, quer dizer, quase todos, os homens do dia são homens das nove às cinco que não se drogam e que não devem ficar muito pois têm um trabalho a retomar, uma reunião a presidir, e acima de tudo eles não querem problemas, eles querem permanecer limpos, inclusive alguns só me tocam com as pontas dos dedos e a maioria não tira as meias, agradeço-lhes por isso pois não gosto de ver os pés de meus clientes, as unhas sujas e amareladas, suas escamas de serpente, as meias que deixam um musgo entre os dedos, um musgo preto que acaba marcando os lençóis brancos, pequenos torrões de musgo que precisam ser empurrados com a mão para caírem no chão, onde se misturam aos tufos de pelos cinzas.

E alguns clientes se recusam a vir aqui, dizem que é perigoso demais, preferem quando vamos até eles, quando os encontramos em um quarto de hotel que eles mesmos reservam, escondido dos vizinhos que poderiam reconhecê-los, outros clientes mais delicados também querem nos conhecer antes de consumarem o ato, é raro, mas isso acontece, então devemos encontrá-los em um bar ou em um restaurante, devemos passar a noite com eles, como faço com o libanês que vejo uma vez por mês, no primeiro sábado do mês, ele se chama Malek e não está longe de me amar de verdade, sinto isso porque usa o próprio nome e porque sempre vai aos nossos encontros, porque ele é ao mesmo tempo tenaz e resignado, triste e excitado, e eu poderia amá-lo de volta se ele não fosse tão gordo, tão guloso, se ele não pesasse algo como cento e quarenta quilos, inclusive ele já me confessou suas infelicidades, ele me revelou seu peso exato mas não me lembro mais, o peso é como a idade, como os nomes, quando em excesso, já não fazem mais diferença, e existe um peso limite depois do qual só resta uma posição para fazer amor, é preciso permanecer deitado de costas e esperar o orgasmo, e Malek mal consegue mover os quadris e balançar a cabeça, todos os primeiros sábados do mês vamos ao restaurante japonês da avenida Parc, no Kotori, onde se deve tirar os sapatos, como se comer tivesse qualquer coisa a ver com os pés, e nós comemos tudo o que podemos, sushis, lulas fritas, carne vermelha e arroz, sem contar todos os legumes, os noodles e o molho, adoro isto, ir a restaurantes e comer com toda a minha fúria, preciso dizer que não cozinho em casa, não como quase nada, então aproveito para comer bem ao menos uma vez por mês, bebemos saquê e vinho tinto escolhido por ele, nunca o mesmo pois é preciso saber variar os prazeres, a cada vez descobrir novos sabores, ou então vamos ao Ouzeri, o restaurante grego da praça Mont-Royal, e lá eu sempre como codorna grelhada com coração de alcachofra na entrada, com o vinho tinto que faz meu rosto corar, nesse restaurante há mais opções e o ambiente é mais descontraído, ali as pessoas se reúnem para aniversários e casamentos, e em seguida vamos ao hotel, pois ele não gosta do meu quarto, meu quarto é sem dúvida pequeno demais para ele e a cama é muito baixa, e ele diz que não quer correr o risco de ser preso, policiais poderiam chegar a qualquer momento, bater na porta e arruinar sua vida, policiais poderiam bater na porta tal como meu pai poderia fazer, e eu tenho vontade de gritar para obrigá-lo a pensar em sua filha, para que a imagem dela se interponha entre nós, e ele insiste que não quer problemas pois tem uma família e uma posição social elevada, que é gerente de banco, digo-lhe todas as vezes que não deveria se preocupar, nenhum policial virá nos incomodar pois a agência é protegida pela máfia italiana, você não assiste à televisão?, não lê os jornais?, existem leis sobre as leis, metaleis da escória, dos que lavam dinheiro e das putas, mas eu não insisto nessa história pois, no final das contas, não sei nada sobre qualquer filiação da agência com organização criminosa, os cafetões não têm o hábito de informar a equipe, de qualquer maneira, amo os quartos de hotel, eles formam um pequeno universo fechado, um casulo de tapetes que combinam com os lençóis da cama, reproduções de pinturas de Van Gogh e de Monet, copos enrolados em guardanapos brancos e filmes pornôs, sachês de banho de espuma que nos deixam ensaboadas até o queixo na grande banheira cheia de bolhas, na primeira vez que vi Malek no Kotori, onde ele me esperava segurando um copo de saquê, pensei, eis um homem obeso, um homem que não pode mais foder a não ser que pague, reduzi-o ao movimento de se deitar de costas e a esperar o orgasmo, e pensei em sua mulher, que também deve ser obesa, ela e ele incapazes de transar, e enquanto eu me detinha nessas reflexões ele sorriu para mim dizendo como estava contente em me ver, me achava muito bela, bem magra, sim, ele estava muito contente pois a garota que contratou antes de mim o desagradou demais, ela não era bonita o suficiente, não era feminina o suficiente, era morena e atarracada e não usava nenhuma maquiagem, seus sapatos eram baixos e se chamava Monita, e Malek queria saber se eu a conhecia pois aparentemente era da minha agência, disseram--lhe que ela era espanhola, que tinha tal altura, tal tamanho, mas quando apareceu não era nada disso, mentirosos, eles tentam nos empurrar qualquer coisa, disse, tive que pagar mas não consegui fazer nada, eu a mandei embora, falei que precisava voltar para casa, que minha filha estava doente, com febre, ensopada de suor, e durante uma hora, enquanto comíamos com fúria, ele me contou sobre Monita, que era da mesma agência daquela que estava a um passo de agradá-lo, e durante uma hora eu queria gritar, com que direito?, como você ousa falar de uma mulher dessa maneira, sendo você tão feio, tão gordo?, e como se adivinhasse meus pensamentos, me disse que sim, que talvez ele fosse gordo, mas que no final das contas era ele quem pagava, ele era o cliente, ele tinha o direito de ter expectativas, gostos, como todo mundo, que no fundo não era diferente de ver um filme do qual só se fala bem, e foi aí que eu soube que nunca mais me sentiria bem por me acharem bonita, não, mesmo quando me escolhessem e me preferissem a uma outra, não posso me impedir de ceder meu lugar, e se sofro do que as mulheres têm de melhor, não me regozijo mais com o que elas não têm, eis por que é preciso acreditar que não é isto que tenho ou aquilo que me falta que me mata, não, é a morte que vem primeiro, que fala através do que se tem ou no lugar do que nos falta, o Dilúvio de meu pai que transforma tudo o que existe em seu caminho.

E existem clientes que não são nem velhos, nem gordos, nem enfermos, há o Mathieu que vem me ver todas as semanas e que não tem mais que vinte e três anos, ele tem tudo para agradar com sua estatura de atleta e cabelos sem fios brancos, e a primeira vez que ele se apresentou a mim, com a postura completamente reta no enquadramento da porta, sua juventude me chocou, eu não sei por que, eu me senti desarmada diante do fato de ele parecer inofensivo, mas o que ele está fazendo aqui?, ele não tem todas as mulheres que deseja lá fora?, por que ele tem necessidade de estar aqui, de pagar por isto, pelas minhas carícias frias?, e que imagem terá meu corpo ao lado do dele, tão adequado ao dele, de uma firmeza equivalente?, eu não pareceria velha simplesmente pelo fato de que somos da mesma geração, feitos para dormir juntos?, velha pelo fato de que estamos seguindo a ordem natural das coisas?, por sermos tão bonitos?, é exatamente isto que acontece, envelheço quando estou em contato com ele, sim, minha juventude necessita da velhice dos outros para brilhar, necessito de suas rugas e de seus cabelos brancos, de seus trinta anos a mais, de seus corpos flácidos para que eu seja excitante, para que eu seja poderosa, aliás, as mulheres sempre são mais velhas que os homens, mesmo quando têm a mesma idade que eles, e quando Mathieu me pega, eu não sinto nada, a não ser um desconforto por seu vigor e por suas formas musculosas, ele não parece ligar para meu vigor e minhas formas musculosas, nossa semelhança não parece incomodá-lo, não, ele se excita como se excitam os jovens, sem razão, sem dúvida ele pensa que se excitar assim lhe é inerente, que isso se deve à nossa juventude compartilhada, ele se excita e eu não compreendo a função de seu sexo tão adaptado ao meu, pode-se dizer que ele parece um pedaço de pau, uma prótese, um vibrador, pode-se dizer que ele está atuando, que ele deve se esforçar, concentrar-se em outra coisa, na memória de uma cena de filme pornô, e ali, enquanto tenta me emocionar, ele diz que adoraria que fôssemos amantes, ele e eu, como um casalzinho apaixonado, em idas e vindas, entre a cama e o restaurante, entre o restaurante e o cinema, eu e ele como todo mundo, como se deve ser, e ele segura minha mão para demonstrar que está sendo sincero, que pode me ajudar a sair dessa, que pode me acolher em sua casa, me emprestar dinheiro até que eu termine meus estudos, até que eu encontre um emprego, e olhando para seus olhos semelhantes aos meus, sua boca semelhante à minha, digo para mim mesma que não tenho vontade de sair dessa, que eu morreria de tédio mesmo se estivéssemos bem juntos, eu não acreditaria nem mesmo se as pessoas olhassem para nós e pensassem que estamos no caminho certo daquilo que deve-mos ser, jovens e acasalados, era preciso lhe dizer para guardar seu dinheiro para mais tarde, para que voltasse quando sua maturidade justificasse estar aqui, comigo, era preciso lhe dizer para não se apegar a mim, que sua proximidade me dá medo, e quando tudo está acabado, ele massageia demoradamente minhas costas, meu querido, massageie minhas costas pois sua força me deixou esgotada, ela atingiu o limite da minha, deixe--me virar de costas para você e fechar meus olhos, descarregar--me de sua presença, e para mostrar meu reconhecimento, para encorajar seus movimentos, eu acabo gemendo um pouco, com sensualidade, eu mexo meus quadris, gemendo, pois é preciso deslocar para as costas o que não aconteceu em outro lugar, dirigir sua atenção para uma parte plana de meu corpo, inclusive os homens e mulheres de uma mesma geração são feitos para isto, para massagearem fraternalmente as costas um do outro, na tranquilidade do que não pode acontecer.

Mas pouco importa quem são pois sempre há entre nós uma lacuna que salta aos olhos e que eles não veem, alguma coisa de errado e um mal-entendido, algo retomado em teorias da evolução da espécie, jovens macacas que mostram suas fendas ao macho protetor, que gemem aos quatro ventos para encontrar alimento, sim, a natureza é feita assim, basta observar os macacos para compreender, para concluir que as fêmeas amam os mais fortes, os mais ricos, que elas devem ser jovens para serem amadas, os clientes me contam suas teorias acerca do porquê de estarmos fazendo isso, eles me transformam em sua macaca enquanto eu olho para qualquer lugar, fixando minha atenção num detalhe do quarto, uma lagartixa no teto ou um tufo de pelo que corre pelo chão, enquanto explico para mim mesma, bem baixinho, o que está errado, essa coisa insistente que me vincula a eles, o desastre de nos encontrarmos aqui, um sobre o outro, um procurando a boca do outro e o outro não procurando nada, a não ser fugir, um querendo que o outro goze por gozar e o outro querendo que o outro goze para acabar, a impossibilidade de se fazer o que é feito, aquilo que faço o tempo todo, chegar ao limite de minha mãe no esgotamento de minhas forças, deitar-me com qualquer um, com os gordos, os velhos, os feios, deitar-me com meu pai esperando que ele bata à porta, que ele saiba enfim o que ele fez comigo, o que eu fiz com ele, é preciso reservar um tempo para lhes dizer, para colocá-los em seus devidos lugares, para que eles renunciem mesmo que eles continuem a se excitar, que eles voltem para seus escritórios, suas famílias, que eles se flagelem se for preciso, como os padres se flagelavam, mas isso não vai ter fim, não, o próximo cliente está prestes a chegar, talvez ele já esteja lá embaixo, na entrada, esperando o elevador, um pouco excitado, perguntando-se se serei tal como me descreveram por telefone, se serei loira, se serei jovem, se serei bela.

Que meu pai se mate para contar como é possível a um homem experimentar uma vida pior que a dele, pior que a vida nesta terra, que o cotidiano do mundo baixo, frase que ele repete com olhar que concede um tom sexual à palavra baixo, isto é, baixo como ficar de pau duro, baixo como o intestino cheio que precisa ser esvaziado, como se dobrar e enfrentar o que a vida exige de nós, que meu pai fale consigo mesmo sobre seu inferno de metal e de fogo não significa que ele, por isso, aprecie a vida, não, ele a detesta por tudo o que ela tem a oferecer que exceda os dez mandamentos e que não anuncie profecias, ele a detesta até mesmo no ato de mastigar e no eriçar dos mamilos em contato com o frescor da água, até mesmo nessas pequenas maravilhas de partos gravados em fitas cassete e nas pirâmides construídas para confundir aquele que se aventura nelas, nas encruzilhadas das estradas onde carcaças inacabadas de antílopes são deixadas pelas hienas, seja como for, nada mais tem valor em nossos dias pois tudo foi tocado pelo homem, eis a frase que ele também repete, tocado por mãos sujas de ateu pretensioso e ingrato que descarta Deus da descoberta do mundo e que busca sua origem entre as estrelas ou através das lentes de um microscópio, ele detesta a vida como detesta minha mãe, com a bravura do peregrino que estima seu fardo e arrasta seus pés tortos de país em país, que se inclina para frente por ser corcunda demais, declarando que só há esperança na pequenez.

Mas meu pai tem necessidade deste peso para ter mais uma razão para detestar a vida, para ser ainda mais merecedor do paraíso e para nele entrar como herói, como um mártir que tentou ver o bem naquilo que há de pior, na renúncia de viver com os vivos e de dançar sem o pensamento do mundo baixo que a visão das pernas nuas faz aparecer, e ele repete que não devemos jamais nos deixar levar pelo prazer, é preciso manter a cabeça fria, mantê-la fria onde o mal se esconde para não perdê-lo de vista, é preciso vê-lo vir de longe para desmascará-lo quando cruzamos com ele, eis por que ele deve espiar o corpo de sua filha que cresceu rápido demais e folhear as revistas pornôs para reencontrá-la nua em alguma parte, com um pau na boca, para desmascará-la e gritar, escândalo, eu sabia, eu sabia, mas para onde vamos neste mundo no qual os pais acham o que procuram e suas filhas lhes incitam o olhar?, para onde vamos quando nos cansamos de seguir o rastro do que não deve ser?, eis por que ele espreita sua filha, para finalmente ter o direito de tratá-la como puta. Sem dúvida teria sido melhor se ele tivesse me estuprado enquanto ainda era tempo, tempo em que espontaneamente eu me sentava sobre seus joelhos, eu e minhas tranças loiras de smurfette que eu ainda não havia desfeito, eu e minhas meias brancas que iam até o joelho e minha saia xadrez, os pequenos sapatos de verniz e todo o resto, os risos loucos e os abraços, sim, teria sido melhor se ele tivesse me estuprado em um momento de ternura entre pai e filha para me matar de uma vez por todas e fazer desaparecer o que resta de minha mãe, para ir até o limite das coisas e acabar com o que se arrasta desde sempre, as insinuações do que poderia ter acontecido e a ameaça de que finalmente ocorra, enfim para acabar com tudo, com a vida e o tédio de seu percurso, com a caça às putas de meu pai e com o fedor do cadáver de minha mãe.

E é verdade que meu pai nunca me estuprou, enquanto eu estava sentada sobre seus joelhos, as pequenas nádegas que se mexem sobre o seu pau para encontrar um ponto de apoio, ele não me estuprou, antes fez algo pior, ele me colocou sobre os ombros para me ensinar seu ponto de vista sobre o mundo, seu ponto de vista que sente prazer em rastrear as pessoas felizes e em esmagar as flores simplesmente porque elas cresceram em uma estufa e não conforme a vontade divina, num lugar que teria sido ordenado pela natureza, o ponto de vista de um homem que se castiga por estar vivo, ele me transmitiu o pavor da felicidade e me embalou durante horas me explicando que eu não devia crescer nem envelhecer, que eu devia permanecer pequena para sempre, para que ele pudesse me levar no bolso, onde quer que o dever o chamasse, em viagens de negócios e nos quartos de hotel, nos congressos anuais e nos jantares servidos à beira da piscina, ele me contou tudo sobre a infelici-dade de envelhecer, de perder o tamanho de criança que pode ser carregada nos ombros pois, depois disso, só se consegue amar os outros à distância, e não sobre seus próprios joelhos, pensando bem, foi ele quem me transformou em uma smurfette, que me criou para ser minúscula e azul em meio aos grandes cogumelos brancos, em meio às florestas imensas habitadas por fadas e bruxas, foi ele quem escolheu meu destino de aleijada sentada em potes de creme e em regimes, foi ele quem me colocou em uma cadeira de rodas, sim, eu sei muito bem que posso andar mas apenas para me pendurar no pescoço dos homens e passar de uma cama a outra, apenas para subir neles como se eu ainda fosse pequena, como se eu quisesse que me vissem mais de perto sem poder tocar o chão, bater no ar com meus sapatos de verniz e me deixar embalar por suas histórias nas quais não acredito mais porque as escutei demais, seja como for, não importa se acredito ou não nelas pois hoje o que conta é permanecer pequena o máximo de tempo possível, sorridente e tímida, permanecer assim até que minha respiração esteja perfeitamente sincronizada ao ritmo das narrativas deles, sentada com os braços em torno do pescoço deles, fechando os olhos, sentada com a cabeça sobre o peito deles, esperando que me levem para bem longe do que me tornei, grande e velha, sem graça e pesada, boa de cama.

Sim, teria sido melhor se eles me levassem e me contassem quão pequena eu sou, tão pequena que poderiam me esconder em suas malas e me fazer viajar por todos os lugares onde é possível colocar os pés, Bangladesh ou Groelândia, Marte ou as cidades perdidas, mas isso não acontecerá, não pode acontecer pois não estou nem aí para esses homens que não são os bons, que não são meu psicanalista, não estou nem aí para a habilidade que eles têm de me fazer voar enquanto seguro seus braços esticados e de me arrastar dentro de suas bagagens, nas reuniões e jantares de negócios, em todas as ocasiões em que me fariam desfilar perante seus colegas como se eu fosse um cachorro de concurso, a puta do ano, aliás, eles já o fazem sem que eu esteja satisfeita, eles fazem isso até demais e chego a ficar enojada, não sei o porquê, agora não sei fazer nada de diferente a não ser colocar à prova tudo o que se dirige a mim, desconfiar das coisas até o momento em que elas quebram para, em seguida, me servirem de razão por eu ter sempre acreditado no pior, acreditado que tudo isso não passava de um mal-entendido, enfim, acreditado que não era por mim mas por uma outra, uma ruivinha com o rosto cheio de sardas, cuja polpa da bunda não tem textura de casca de laranja, para finalmente me convencer de que não há quase mais nada para mim, apenas o psicanalista que dorme atrás dos óculos, o psicanalista que eu adoraria ver se inclinar para pegar o dinheiro que eu teria jogado sobre o tapete, com o desdém de quem paga por um serviço que não recebeu, como os clientes fizeram comigo algumas vezes, quando eu não soube fingir o orgasmo ou quando eu não ri nos momentos certos enquanto eles me contavam de que forma se tornaram milionários, ou das vezes em que dormiram com atrizes famosas e quais lições de vida tiraram disso tudo.

Eis por que me tornei anoréxica quando era adolescente, enfim, talvez em parte por causa disso, das histórias de meu pai, ele a quem não pude colocar de volta em seu devido lugar e que deveria me dar um lugar, sem dúvida é por causa das histórias em que ele me imaginava em suas malas e por causa de seus alertas contra os riscos do crescimento que nos faz perder o amor dos velhos pois eles detestam reconhecer em suas crianças a miséria que lhes é própria, e, quando eu tinha doze anos, eu já havia me tornado estranha para mim mesma, para esta carne maturada que deve ter sido confundida com outra no berçário, como na história do bebê de alguém que acaba na família de outro, da surpresa de uma pele negra ou de cabelos ruivos onde não se esperava, onde é improvável, e com doze anos eu me perdi em meus contos de fadas e em meus devaneios de gêmeas idênticas que vivem uma para a outra, que se vestem da mesma maneira e que se dão piscadelas bem debaixo do nariz das pessoas para deixar claro que elas excluem tudo do mundo que não provém delas, e, pensando bem, eu me tornei anoréxica no dia em que meu sexo acabou com minhas tranças e com meus sapatos de verniz, com os jogos de amarelinha e com as orações da noite, inclusive é como se eu ainda tivesse doze anos embora o mal tenha se deslocado, ele passou de um espelho a outro, de uma necessidade a outra, do corpo que deve emagrecer ao corpo que deve usar lingerie, e este corpo que não é mais o de uma criança, tampouco o de uma mulher, continua a não ser o meu, ele jamais será pois alguém ficou com ele, ele está enrolado como uma bola nos joelhos de meu pai, ele ainda está ali, todo pequeno, se contorcendo no fundo de seu bolso ou em uma cadeira de rodas que se movimenta de acordo com seus planos de negócios, ele sempre esteve fora, eis por que dou para quem quiser e mesmo para aqueles que não querem, eu o arrasto um pouco por todos os lugares, sobre as bicicletas ergométricas das academias e sob os raios ultravioletas dos salões de bronzeamento, faço tudo o que posso na esperança de encontrá-lo um dia em uma revista de moda praia, exposto ali cem mil vezes em todas as bancas de jornais de todos os países do mundo, e já estou cansada de buscar a razão de meu vaivém entre os vômitos e os clientes, entre a anorexia e a putaria, estou cansada de conhecer a lógica da coincidência entre essas coisas, de finalmente compreender por que eu sempre faço a mesma besteira, seja como for, você jamais verá o que vejo nem saberá em que medida é impossível sair de uma rede formada por um único ponto, por uma coisa única e besta que não é da minha conta porque ela é feita do que ainda não aconteceu, e nunca serei capaz de ir além do que fui até agora, então seria melhor fincar um pouco mais os pés aqui, na esperança de desaprender a me mexer, na esperança de não ter força para ajoelhar por qualquer razão, perante um homem ou uma bacia, pouco importa, no momento em que me torno ainda menor, somente um pouco menor, no momento em que posso fechar meus olhos para o que entra na minha boca e para o que sai.

E assim minha vida foi preenchida com os detalhes do meu corpo do qual nada me escapa, nem mesmo a pequena pinta vermelha no meio das costas que não consigo tocar com a ponta do dedo, nem mesmo o pelo loiro perdido em meio ao novelo de lã escura de meu púbis, foi assim que comecei a calcular toda a comida que eu consumia, até o ponto em que minha vida se reduziu a uma maçã que eu nem mesmo chegava a comer corretamente, ao menos não de acordo com a lista de restrições que não parava de aumentar, que eu me impunha sabendo que jamais escaparia dela, ninguém pode escapar de um universo onde a regra é uma motivação, e meus dias se tornaram uma refeição interminável onde tudo devia ser seguido ao pé da letra por medo de comer rápido demais e de não saber quando parar, por medo de que a comida fosse associada a um prazer qualquer, à gula de meu pai, para quem nunca me atrevi a olhar quando estávamos à mesa, pois os ruídos que saíam de sua boca se pareciam demais com os gemidos de quem goza, e eu questionava cada mordida para esvaziar completamente minha cabeça daquilo que eu deveria estar fazendo, tagarelar com as amigas fofocando sobre garotos e maiôs ou ainda fumar meu primeiro baseado nos fundos do colégio, eu levava tudo em consideração, sobretudo os números, que deviam ser ímpares, todos, eu vigiava a forma e o tamanho da imagem de minha boca deixada na maçã, que, por sua vez, devia ser redonda e limpa, sem irregularidades ou manchas marrons na casca, e a cada mordida eu devia mastigar silenciosamente um número ímpar de vezes, é claro que cada mastigada deveria ser perfeita, era preciso que a mastigação e a deglutição fossem impecáveis, sem contar o gosto e aquilo em que eu pensava no momento, eu não podia pensar em uma cena horrível ou nojenta ao comer, não podia evocar os banheiros químicos do parquinho ou o gato morto sob uma camada de gelo na qual eu patinava quando era pequena, e, sobretudo, eu não podia sentir um pedaço de maçã preso entre os dentes ou um cheiro desagradável que se misturaria ao cheiro da maçã, eu tinha que comer uma ou três ou cinco, nunca duas ou quatro, eu devia morder treze ou quinze ou dezessete vezes, você não vai acreditar, mas eu também tinha que calcular o tempo que eu levava para terminar todas as operações, eu calculava os minutos, que também deveriam dar num número ímpar, trinta e três ou trinta e cinco minutos, e isso poderia durar horas, uma semana inteira, séculos lutando contra uma fruta que eu não devia ver escurecer, enquanto a segurava entre minhas mãos, não, a maçã tinha que permanecer crocante e branca do início ao fim, e como era impossível controlar tudo na maçã que me escapava todas as vezes que minha atenção não tinha sido mantida, como eu sempre tinha dúvidas sobre o número exato de mastigadas que dei ou sobre a qualidade da mastigação e da deglutição, ou dos pensamentos, ou dos cheiros que pairavam naquele momento, eu devia recomeçar para ter certeza, imperativamente três ou treze ou trinta e três vezes, claro que depois de vomitar com o mesmo rigor, em uma bacia toda branca e sem odor, contando o número de jatos regurgitados, que também devia ser ímpar, e por que todos os números deviam ser ímpares nesse sistema que enlouquece até o mais forte dos homens?, eu não saberia dizer, pensando bem, talvez porque continuei sendo filha única, ou quase, porque ou eu era uma ou eu era três com meus pais, e meus pais nunca foram dois para mim pois eles não se beijavam, eles nunca se falavam ou então se falavam sem olhar um para o outro, eles só se falavam para determinar a hora do jantar ou nem mesmo para isso, pois minha mãe não tinha nada a dizer sobre o que meu pai decidia, não havia então mais que três palavras a serem pronunciadas, às dezoito horas ou às dezenove horas, e dizer três palavras não é o mesmo que falar, então como eu poderia adivinhar que são necessários dois para fazer uma criança?, como eu poderia saber que a presença deles ao meu lado tem algo a ver com eles bem antes de ter a ver comigo?

Eis por que não suporto ver casais se beijando, toda vez viro meu rosto dizendo que não, isto não durará, isto não pode durar, e se às vezes eu choro é porque não há espaço em minha cabeça para conceber o par, eu não posso imaginar um homem e uma mulher se beijando em um banco de praça ou na estação, os dois agarrados um ao outro como se não houvesse nada mais importante na vida que esses clichês de pessoas que se amam, amar verdadeiramente é esquecer o resto, é não estar nem aí para as testemunhas ao redor que, no entanto, não perguntaram nada, é rir da mulher que chora ao se perceber sozinha, que quer morrer por ter que trocar de calçada a todo o instante, não, os casais não existem, não podem existir, pois sempre haverá uma puta que enfia seus próprios beijos entre os do casal e se instala em alguma parte do espírito dos homens para excitá-los, sempre haverá um traço de lábios vermelhos sobre o colarinho de uma camisa negligentemente jogada no cesto de roupa suja, os casais não existem e sou eu que decidi isso, não quero saber desta lógica do sou sua e você é meu, não quero nem saber e eu mudarei de calçada quantas vezes for necessário, desviarei os olhos para negar tudo o que se passa no banco de trás dos carros, e tenha certeza de que eu teria arrebentado o retrovisor com os próprios punhos bem antes de ter que ver algo assim. E no entanto me ensinaram muito cedo que os casais amam compartilhar o mesmo quarto e dormir na mesma cama, que fazem tudo a dois e andam de mãos dadas no domingo à tarde, quando o tempo está bom e as crianças cochilam, que eles vão à noite ao cinema assistir a um filme, a cabeça de um sobre o ombro do outro, que eles devem manter ao menos uma parte de seus corpos unida em tudo o que fazem por medo de que os considerem irmão e irmã, ou ainda pior, pai e filha, e assim o casal desfila no restaurante onde eles brincam com os pés debaixo da mesa, e na cama eles fazem amor ruidosamente, gritando na direção dos vizinhos para que todos saibam como é bom gozar quando se é ouvido, para que os vizinhos possam imaginar a cena e serem conduzidos até ela, a orelha bem colada na parede e a mão que se agita na calça de cinto frouxo, aliás, meus pais também dormiam na mesma cama, o que me parecia exorbitante pois a cama tomava todo o quarto, é verdade que se dormiam juntos, estavam habituados a deixar o maior espaço possível entre eles, um à direita e outro à esquerda, minha mãe à esquerda e meu pai à direita, havia entre eles esta fronteira que não poderia ser transgredida, tão grande como uma terceira pessoa que indicava que alguém deveria ter passado por lá, alguém que poderia surgir a qualquer momento para reclamar o que lhe era devido, para recuperar seu lugar entre meus pais, era um lugar que parecia sagrado e que eles só poderiam ocupar no momento em que o sono se instalasse por completo, no momento em que a consciência da presença do outro desaparecesse, e talvez eles se encontrassem no meio da noite, em algum lugar do miasma de seus sonhos, o joelho de um tocando a perna do outro, talvez se encostassem sem saber, mas eu duvido, eles teriam protegido a intimidade de seu sono até não conseguirem mais dormir, e será que eles deveriam manter um olho aberto ou se levantariam num sobressalto quando um tocasse o outro?, o coração que bate com toda a velocidade porque está em perigo, porque viu a morte de perto, porque tinha certeza de que ela estava do outro lado da cama, pronta para avançar diante do menor relaxamento, então eles tinham que permanecer em estado de alerta até o amanhecer, sentados na cama, sem fazer barulho para ver o inimigo chegar de longe e fugir no primeiro movimento, mas o que é este braço que se enfia embaixo do meu travesseiro?, e o que quer esta cabeça que não para de se mexer?, com o passar dos anos, talvez eles não tenham mais que dar uma de vigia durante o sono, pois seus deslocamentos se colocarão a serviço da necessidade, da preciosa economia da energia vital que levará cada um para um lado, até dormirem no vazio ou quase, o rosto virado para fora e um braço que cai da cama.

Então havia este espaço entre eles que me abria os braços para que eu pudesse ocupá-lo com minha pessoa, e se eu o tomei foi para me certificar de que entre eles não haveria nenhum vínculo que não passasse por mim, porque eu precisava ser para eles o que um não podia ser para o outro, eis então um lugar para mim, sem dúvida pensei com minha cabeça de criança que eu seria capaz de influenciar qualquer coisa, eis um lugar para mim ou para um visitante da noite, para o fantasma de minha irmã, e assim dormi na cama de meus pais durante anos, ali me instalei desde o momento em que aprendi a andar até os meus dez anos talvez, ocupei este lugar extra na cama deles pois era preciso que eu carregasse comigo tudo o que os separava, e quando, da minha caminha de bolinhas rosas, eu os escutava deitarem-se, sempre por volta das dez horas da noite, eu entrava sem fazer barulho no quarto e me deitava, bem pequenininha, no meio dos dois, com o rosto virado para meu pai ou para minha mãe, na maioria das vezes para meu pai pois minha mãe não suportava me ver perto dela e me expulsava com um sinal que não era bem uma palavra, mas sim um ruído, ela assobiava em minha direção como se assobia aos gatos para impedi-los de pular sobre a mesa ou de brincar com as plantas, serrando os dentes e se preparando para golpeá-los caso não obedeçam, e sem dúvida ela não queria que eu dormisse com eles mas essa não era a opinião de meu pai, ela não incomoda ninguém e mal se mexe, ela se tornará a parede de que preciso para me proteger de você, ele pensava em silêncio, e se minha mãe já não fosse uma larva ela poderia ter insistido e me empurrado com os pés para baixo da cama, cuspindo em minha cara como fazem as fêmeas quando se estapeiam por um macho, com um golpe de garras ela poderia ter tornado inútil esta juventude que a traiu e que muito interessava a meu pai porque ele podia manejá-la, segurá-la com os braços estendidos e dependurá-la pelos pés para fazê-la girar sem se preocupar com os móveis que poderiam atrapalhar a passagem dele e esmagar o crânio dela, sem dúvida ele se interessava por isso para se excitar, para se excitar com os gritinhos medrosos daquela que deverá aprender a desconfiar da força dos outros, que um dia poderiam muito bem jogá-la contra a parede ou estrangulá-la com os polegares, sim, minha mãe bem que poderia ter feito essas coisas para me afastar em nome da imagem do casal, cuja preservação se fazia necessária em troca de não haver de fato um casal, ela não fez isso e no entanto ela deveria ter feito, ela deveria ter me colocado fora de perigo e ter me dado a chance de ser normal, de viver uma vida de mulher com um homem, com um e não com mil, um homem que não seria meu pai e que não agarraria meus cabelos para mudar o ritmo com que eu o chupo, ela poderia ter se dado a chance de ter uma vida e de fazer amor em uma cama que já não tivesse sido ocupada por outra, e, quem sabe, talvez eu não tivesse me tornado puta, como ter certeza disso?, de qualquer maneira, mesmo que eu não estivesse lá, meu pai não lhe teria tocado, mesmo que todas as mulheres do mundo morressem de uma só vez, deixando minha mãe reinar sozinha sobre o desejo dos homens, eu sei disso pois aquele espaço estava livre muito antes de eu tomá-lo, eis todo o drama, o que está me matando já me esperava muito antes que eu tivesse nascido, e, veja, é tarde demais para explicar o que aconteceu ou não entre meus pais, se é porque eu estava lá ou não, é tarde demais para regressar às reflexões que me ligam aos clientes que querem me enrabar porque eles não podem fazer isso com suas mulheres, enfim que querem fazer comigo tudo o que eles não fazem com suas mulheres, inclusive não quero retomar do início tudo isso a que minha mãe não teve direito, os desejos de sodomia que meu pai não teve por ela.

A quem exatamente devo pedir perdão?, eu também não sei, talvez à minha mãe, mas não tenho certeza, como eu poderia ser perdoada por ter esvaziado uma barriga que desde então nunca mais a deixou e por ter tomado dela a atenção dos homens?, como eu poderia ser perdoada por ter recebido em troca tudo que ela perdeu?, um corpo fresco e sem marcas e um homem para reparar nele, para sentir o seu peso e fazê-lo voar na cama brincando de avião, eu, o anjinho das costas arqueadas que ele balançava na sola dos pés imitando o barulho de um motor de avião, de frente para trás e da direita para a esquerda, vrum vrum, segurando com firmeza minhas mãos nas suas, mãos bem pequenininhas que ele chamava de mãozinhas, pois nesta idade elas ainda não eram mãos de verdade, aliás, nada era verdadeiro neste corpo que um dia iria murchar com os chupões e as mordidas dos clientes, apressados para terminar logo, não havia nada para se rejeitar pois eu ainda não tinha o odor nem o perfil obsceno de uma mulher madura, eu não conhecia o suor, os hormônios e a menstruação, tudo o que transborda por todos os lados e que dá ao rosto um ar desgastado, que torna a silhueta incerta prostrada, não, eu não conhecia nada, como eu poderia ser perdoada por não estar ao lado de minha mãe, do seu lado da cama e de sua miséria de mãe morta, mesmo que eu tenha levado alguns tapas?, eu deveria me esconder embaixo da cama sem fazer barulho, deixando meus pais livres lá em cima para ignorarem um ao outro, eu deveria desde o início deixar de ser criança e me ligar à mulher esvaziada que se mostra nos calendários cobertos de manchas de óleo e de impressões digitais de dedos dos mecânicos, eu deveria ter jurado fidelidade a ela, jurado pela cabeça de todas as mulheres traídas por suas filhas, mulheres em luto por um dia terem tido um sexo depilado de boneca indestrutível, os seios duros e a boca sempre aberta para receber todos os pais da terra, a esse pai que é o meu e que ainda hoje repara em mim, que sempre busca de bom grado a demarcação dos meus mamilos através do tecido de minhas roupas e que talvez quisesse que eu lhe desse uma filha para que ela pudesse voar sobre ele com suas mãozinhas, este pai que sem dúvida adoraria me dar uma filha para que eu pudesse persegui-la e deixá-la recomeçar a mesma brincadeira ao longo de dez gerações, até o ponto de nos matarmos por não nos reconhecermos, de qualquer maneira, não adianta nada me ajoelhar perante minha mãe ou perante quem quer que seja, pois não há nada a perdoar, isso é o mais triste, eu quis tudo isso, bem como meu pai e minha mãe quiseram, não há nada a perdoar pois a vida é assim, o resto é covardia e ciúme, é melhor contar para si a vida dos casais, tal como a vemos no cinema, a cabeça de um no ombro do outro, é melhor encher a cabeça de cenários de triunfo e de honra e fechar os olhos para a vida que passa, aquela vida dos vizinhos que fodem e gozam ao serem escutados e de suas crianças que entram na pontinha dos pés no quarto.

E quando às vezes eu dormia na minha caminha de smurfette rodeada por minhas bonecas, que abriam e fechavam os olhos conforme estivessem sentadas ou deitadas, minhas bonecas-de-terror, como eu as chamava, Mimi e Mika-o-terror, que me impediam de dormir pois eu acreditava que elas iriam me morder assim que eu lhes desse as costas, assim que eu fechasse os olhos, o terror dos olhos de vidro e das tranças que vão até os tornozelos, do vestido rosa com avental branco e das meias brancas nos sapatinhos pretos, quando, por alguma razão que ignoro, meu pai decidiu que eu não mais dormisse com eles, eu no meio e eles em volta, então eu me deitava no corredor, bem perto do quarto deles, e de lá eu podia escutar minha mãe, escutava sua voz que me enlouquecia, pois eu não tinha o hábito de escutá-la em nenhuma outra circunstância, porque essa voz que nunca escutei de outra forma não se direcionava a mim, não a mim, sim, eles fodiam, agora eu sei, eu deveria saber naquele momento que enlouquecia, eu deveria compreender e deixar a casa para sempre, carregando um saco com uma maçã e uma pera, partir com minhas tranças que caíam sobre minhas costas e minha jaqueta florida que se arrastava pelo chão, eu deveria ter incendiado a casa para pôr um fim ao que eu não conseguia imaginar, quer dizer, para compreender que eu não estava ali à toa, que eu não tinha nada a ver com isso, e acredito que de qualquer maneira eu sabia muito bem, eu sabia que não tinha nada a ver com o que eles faziam, que eles estavam se esquecendo de mim a ponto de gemer de prazer, e sabia que ainda hoje, às vezes, eu me levanto à noite com o som de uma voz?, eu escuto uma voz de mulher que ri por eu não estar ali e por eu não ter nada a ver com isso, eu também a escuto gozar e enlouqueço, e se perco a cabeça é porque não posso fazer quase nada, a não ser me levantar e acender tudo, as luzes e a televisão, andando pelo meu apartamento como se eu fosse encontrar alguém, uma mulher escondida no armário para me enlouquecer, para me fazer gritar à noite como fazem as corujas, estou doente por continuar dormindo no corredor, com a orelha colada na porta do quarto de meus pais.

E por que as vozes que escuto são sempre vozes de mulheres?, sem dúvida porque os homens não têm necessidade de dar um show, somente as mulheres desejam acordar os vizinhos com seus gritos, para que eles se excitem deixando-os escutar o que fazem com elas, ouçam como sei gozar, ouçam o quanto sou a única que vocês podem escutar, como sou a única aqui que sabe excitar, se eu não for a única, ainda assim sou a mais forte, a mais excitante, basta que vocês estiquem as orelhas para que se convençam disso, que lentamente venham ao meu encontro, basta que se imaginem como o lobo para que eu me torne a chapeuzinho vermelho, a loirinha com um grande capuz e completamente nua sob sua capa vermelha, os lábios pintados de vermelho e as tranças que voam em todas as direções cada vez que metem nela, os olhos revirados e a boca entreaberta, as costas arqueadas e a bunda bem alta, ao estilo cachorrinho, a calcinha branca rasgada sobre a fenda que clama por ajuda, por socorro, para que alguém me escute e me encontre, para que alguém saiba que estou ali sendo enrabada enquanto minha avó ainda espera seus potinhos de manteiga, para que todos se reúnam em torno de mim como fazem as hienas em torno de um banquete deixado pelos leões, para que se observe bem que aquilo que não deve ser feito acontece todos os dias no bosque, e acontece enquanto as crianças estão completamente absortas em seus brinquedos, no ritmo da brincadeira sem pensar naquele que se esconde atrás dos arbustos, que espia do outro lado de uma árvore, sim, olhe bem pois há muito pouco ou mais nada

a se fazer, a não ser desejar ser um lobo para farejar as menininhas que ficam com os rostinhos corados ao pensar que não
é conveniente mostrar a calcinha, que é preciso tomar cuidado
com a saia curta demais que esqueceram de trocar, e tudo o que
você pode fazer é excitar-se dizendo a si mesmo que está bom
assim, é a vida, você vê muito bem que não há saída, que não
há como sair, que nada podemos contra o que cotidianamente
acontece nos fundos da casa, entre quatro paredes, nos vizinhos,
são coisas que acontecem e que fazem o mundo girar, como
se diz, coisas velhas da profissão mais antiga do mundo que
tenho dificuldade de nomear pois elas se repetem em todos os
lugares para os quais os olhos se voltam, nas lições de gramática
que decoramos para que os professores nos amem e nas maçãs
esfregadas na manga da camisa que lhes deixamos sobre a mesa,
atrás das cortinas que você não fechou na esperança de ser vista
através de um binóculo e nas manchas redondas e amareladas
que contam a história dos lençóis da cama, elas se produzem
independentemente do que se faça e do que se diga, de qualquer
maneira, não há nada a fazer e eu já disse isso, só nos resta gozar
ou chorar, só nos resta fazer isso conosco dizendo às crianças
que elas são a nossa alegria, que elas são a menina de nossos
olhos e que é preciso lhes ensinar a vida por medo de que outro
se encarregue disso.

Eis por que as mulheres gritam nos filmes pornôs, eis por que
os clientes me mandam gritar, gemer durante o percurso de
suas línguas na minha fenda, e eles nem têm necessidade de me
pedir pois isso acontece espontaneamente, é preciso gritar senão
algo está errado, o vaivém se interrompe porque não gozamos,
mas o que você tem?, por que você não grita?, por que você
não goza?, eu realmente não sei, aliás, o que vocês sabem sobre
o meu gozo?, vocês não sabem nada, vocês não sabem que eu
posso gozar em silêncio ou gritar sem gozar, vocês não sabem
que é para as mulheres que as mulheres mentem, aliás não é
importante o que eles sabem ou não sabem, no que eles acreditam ou não acreditam, o que conta é a putaria das mulheres,
daquela que fica molhada por ser a única que pode ser ouvida, a
única que sabe enfeitiçar com a voz, o que conta é o hábito que

elas têm de beijar uma outra mulher para mostrar quem é a mais bela das duas, sempre, a natureza de manter os outros distantes e de trazer os homens até elas, de entreabrir a porta do quarto para que não se possa entrar mas somente ver o que acontece ali, de deixar as cortinas escancaradas para que possam ser vistas se despindo sendo que elas são as únicas autorizadas a estar ali, mamãe, por que eu não posso ver o papai completamente nu?, e por que ele pode te ver completamente nua?, eis as questões para as quais nunca tive resposta, finalmente me responderam que eu não tinha direito porque eles eram meu papai e minha mamãe, os papais e as mamães podem muito bem se ver nus se assim desejam, mas as crianças não podem porque elas são pequenas demais, porque seus olhos são grandes demais, enfim, sem dúvida me disseram alguma coisa desse tipo mas não foi suficiente, ou eu não queria isso, quer dizer, eu não queria essa resposta, eis por que sempre faço discursos em voz alta sobre o mesmo problema, discursos que contam sem parar a tragédia de um homem e de uma mulher nus na cama, inclusive as respostas não servem para nada quando não nos fazemos a pergunta certa, isso eu também já disse, eu deveria ter lhes perguntado, por que eu estava ali na cama deles, olhando os dois se vendo nus?, por que eu deveria estar ali escutando-os, do outro lado da porta, sussurrar um para o outro que finalmente os dois estavam sozinhos?, sozinhos no mundo a contar um para o outro seus sussurros, que me revelaram que eles queriam ser escutados sem serem compreendidos, eis por que eu me levanto à noite ao som de uma voz, para não perder nem mesmo uma palavra do que se diz quando eu não estou lá, para finalmente surpreender o que os mantém vivos quando eles pensam que estou em outro lugar.

E que eles sussurrem um para o outro o contentamento de estarem sozinhos não quer dizer que realmente se amem, pensando bem, creio que eles nunca sussurraram nada um para o outro, eles não murmuraram absolutamente nada no banheiro ao lado do quarto, neste cômodo de ladrilhos cor-de-rosa feito especialmente para eles e que era proibido para mim, uma noite eu os escutei da cama deles, enquanto chorava debaixo dos cobertores, pensando bem, minha mãe deve ter pedido a meu pai que lhe passasse o sabonete, e meu pai deve ter respondido que não havia mais, que ela deveria ter comprado, que, aliás, ela só tem isso para fazer, e eles devem ter discutido em voz baixa sobre a incapacidade que tinham de fazer as coisas, eles devem ter trocado farpas sobre como um falha com o outro através de gritos abafados em vez de se ensaboarem um atrás do outro ou um ao outro, primeiro as costas e depois os seios, o interior das coxas e então o sexo, eles deviam fazer tudo o que lhes fosse possível exceto falar de amor, nisto eu não acredito, isto eu não quero, e mesmo que eles se enternecessem por estarem nus se ensaboando no banheiro, mesmo que com a ponta da língua eles fizessem cócegas um no mamilo do outro, eles só poderiam fazer isso fechando os olhos e imaginando outro no lugar, cada um representando para si um mundo paralelo onde eles não seriam mais marido e mulher, eles deviam fechar os olhos imaginando outro lugar e outra história, outro nome e outro corpo, eles deviam ficar sozinhos em um canto se masturbando sobre um pote de creme fingindo que estão se lavando, não, eles só poderiam fazer isto se afastando do que não chegou a se instalar entre eles, a cumplicidade dos que sabem rir dos defeitos do outro, que se excitam com paus semieretos e seios caídos, e é preciso que eu escute as vozes onde elas não falam, é preciso que eu acredite que eles estavam um de frente para o outro, enquanto eles se davam as costas na pressa de terminarem de se lavar, e é preciso pois eu devia compreender por que eu chorava por estar sozinha na cama deles contando para mim mesma histórias de menininhas pobres e órfãs, por que eu estava com a cabeça entre os joelhos me balançando de frente para trás e da esquerda para a direita, batendo no colchão com meus pés como fazem as loucas quando já estão cansadas de perder tempo, quando elas têm dias demais para pensar que não sabem mais viver, e desde então nunca mais parei de tremer diante daqueles que se amam, diante da comédia de se amarem em um banco de praça, e eu sempre terei meus joelhos, meus punhos e meus pés para me proteger da infelicidade dos outros, há espaço demais entre eles para que eu não esteja ali, silêncio demais para que eu consiga dormir, costas demais para que eu chegue a acreditar que esta é a vida, um longo monólogo de pés que batucam sobre o que não foi feito.

E foi com a cabeça entre os joelhos que amei todos os homens de minha vida, que amei meu psicanalista que não vê meu corpo se agitar sobre o divã, enquanto eu sentia náuseas ao repetir que minha mãe é uma larva e que meu pai goza, enquanto eu queria me levantar para mostrar a ele que não sou apenas uma voz e que um único golpe de garras pode muito bem dizer algo tanto quanto dez anos de tagarelice sobre o que está escondido por trás das palavras, que as marcas que elas fazem não deixam nada a desejar se comparadas à raiva da criança que reclama o seio da mãe, inclusive quem sabe se ele dorme com a cabeça entre as mãos sonhando que estou nua em um banheiro?, quem sabe se ele se masturba em silêncio para dar um pouco de vida às minhas narrativas?, eis o que nunca saberei, eis o que não tenho o direito de escutar, e, se eu soubesse, o que aconteceria?, o que nos tornaríamos se eu o pegasse com a mão enfiada no fundo da calça e se eu colocasse o seu pau em minha boca?, quanto tempo de vida nos restaria se eu movesse minha boca de baixo para cima e da esquerda para direita?, quanto tempo antes do gozo, antes do fim do mundo e dos raios que caem?, bem, eu não sei, afinal talvez fosse melhor que nada acontecesse, talvez eu morra por nada acontecer entre nós e por reencenarmos a cena de meus pais no banheiro, para finalmente colocar gestos onde não há nada além das minhas lágrimas, talvez fosse melhor que nos encarássemos e falássemos de amor, nos confrontássemos na água do banho e fizéssemos cócegas com o que estivesse nas nossas mãos, seria melhor se fôssemos por um momento o cliente e a puta, durante o tempo de uma sessão, aquele que paga e aquela que dá, seria preciso que os papéis fossem trocados no tempo em que ele fecha os livros e se torna um homem em meus braços, mas isso não acontecerá, de uma vez por todas, isso não pode acontecer pois estas coisas nunca ocorrem quando se trata de mim, quando se interpela a vida pelo lado da morte.

Nelly Arcan, escritora

Pósfácio
Lilas Bass, Isabelle Boisclair, Lucile Dumont,
Catherine Parent e Lori Saint-Martin[*]

---

[*] Lilas Bass, Doutoranda e ATER em Sociologia, *EHESS et Sciences Po.* Isabelle Boisclair, Professora de Estudos Literários e Culturais, *Universidade de Sherbrooke.* Lucile Dumont, Doutoranda e ATER em Sociologia, *EHESS e Paris 1 Panthéon-Sorbonne.* Catherine Parent, Doutoranda em Estudos Literários, *Universidade de Sherbrooke e Universidade Laval.* Lori Saint-Martin, Professora de Estudos Literários, *Universidade do Québec em Montreal.*

Puta, primeira narrativa de Nelly Arcan, foi publicada em setembro de 2001 pela editora Seuil. De imediato, o tom da obra está dado: o livro se apresenta como "uma narrativa escandalosamente íntima", a capa mostra os olhos escrutinadores de uma Arcan tão provocante quanto furtiva e a breve biografia apresentada na contracapa a rejuvenesce alguns anos. A quebequense trabalhada no visual, cujo livro rapidamente atinge quase 40 mil exemplares vendidos, tem dificuldade para se impor como escritora: o corpo de Arcan suplanta-lhe as palavras, as pessoas sempre se atêm *à escort girl* em vez de escutarmos uma voz e uma linguagem tão atemporais quanto inovadoras. Eis a primeira impressão que *Puta* causou em 2001: o discurso de uma prostituta prestes a se arrepender, que, por um breve momento, encontrou salvação na escrita-terapêutica, na autoanálise umbilical e misantrópica de uma marginal – para quem, em todo o caso, não vale a pena abrir seu livro e nele discernir o paradoxo relativo a um papel de boneca que a autora não quer representar, mas que ela acaba representando na falta de algo melhor. Menos de oito anos após a estreia literária, o status do corpo teria contribuído para matar, ao mesmo tempo, a escritora e a mulher.

Se o título do livro chama a atenção e contribui para o bom desempenho das vendas, ele ainda orienta a leitura e integra a confusão evidente entre vida e obra. A abundante cobertura midiática da edição recorre, quase sem exceção, à vida de Arcan e à sua imagem, mas muito raramente à *Puta* encarada como obra. Na França, apenas um artigo de peso publicado no *Le Monde des livres* [O mundo dos livros] por Patrick Kéchician, intitulado "Rose ou morose" [Rosa ou sombrio], propunha se aproximar de Arcan por aquilo que ela realmente *é:* uma escritora. Não obstante, quando apareceu no programa televisivo *Tout le monde en parle* [Todos falam sobre isto] de Thierry Ardisson, ela foi mais uma vez rapidamente sequestrada pela ordem patriarcal. Embora Ardisson qualifique a narrativa de Arcan como uma "obra literária", ele prefere interrogá-la sobre questões como as diferenças entre uma *escort* e uma prostituta, os distúrbios alimentares da autora, a relação que ela mantinha com seus pais e com seus clientes ou suas posições sexuais preferidas. As palavras de

Arcan são constantemente deturpadas no curso da entrevista, concluída pelo apresentador com a seguinte formulação: "O que há de menos sexy em você? [...]: seu sotaque canadense [...]. Esse sotaque é terrível, eu juro; desde o século XVIII não falamos mais desta maneira!". Na sequência, Arcan foi relegada ao gênero da subliteratura em um programa de televisão de Mireille Dumas com um título nada edificante: *Papai, mamãe, meu psi e eu.*

Ao todo, apenas 9% dos artigos que tratam de *Puta*, publicados na França e no mesmo ano do lançamento do livro, dão voz a Arcan. Preferiu-se falar da autora, não escutá-la. Nesses casos, ela foi ora qualificada como "despudorada" (*Lire*), "multi[uso] do coito" (*Gala*), simplesmente "[mulher] jovem e loira" (*La Provence*), "violenta e perdida" (*Cosmopolitan*), ou aquela que "vomita sua autoanálise" (*Jalouse*). Se a palavra da autora está ausente, seu corpo satura o espaço midiático: a metade dos artigos, críticas e dossiês dedicados à *Puta* apresentava a escritora em posições e trajes sugestivos. Sua recepção pela imprensa, geral ou "feminina", e pelas mídias audiovisuais, mais que pela crítica literária, atestam as razões pelas quais sua primeira publicação se manteve por muito tempo longe das esferas mais legítimas dos espaços literários.

Arcan é, de fato, rapidamente rejeitada como autora: seu livro foi catalogado no departamento de sociologia da Biblioteca Nacional da França e indexado na categoria "Prostituição canadense". Eis o que deu o que falar: o fato de que Arcan contava uma história verdadeira, de que ela era bela, jovem e ácida, embora não fosse considerada digna de crédito – ao menos como autora. Uma única revista indicou que *Puta* figuraria na lista dos prestigiosos prêmios literários de outono sem, no entanto, jamais detalhar quais prêmios eram esses: logo esqueceríamos que a obra concorreu aos prêmios Médicis e Femina. A reedição em formato de bolso (que chegou a 115 mil exemplares vendidos), cuja capa é espalhafatosa, contribuiria amplamente para o fenômeno de apagamento da escritora em proveito da trabalhadora do sexo.

No Québec, as mídias de massa, as críticas acadêmicas e as fotografias da autora também alimentaram o aspecto escandaloso da narrativa. Embora tais críticas reconhecessem a qualidade literária da obra, foram as questões autoficcionais e autobiográficas que ocuparam a maior parte dos apontamentos a respeito de *Puta*. Todos se perguntaram sobre o seu passado como acompanhante e sobre a veracidade, isto é, a credibilidade da narrativa: antes de ser considerada escritora, Arcan era considerada uma puta que havia concluído seus estudos em Letras. A imprensa quebequense da época não deixou de insistir neste ponto colocando em dúvida tal exercício literário de alto nível: "Ela está realmente relatando a vida dela? Uma prostituta pode escrever um livro? Uma estudante de literatura pode ser uma prostituta?" (*La Presse*). Enquanto a maioria dos artigos escritos hesita em reconhecer a qualidade literária de *Puta* e questiona o status de autora, as entrevistas televisivas são espaços aos quais Arcan é constantemente chamada para se justificar. A participação feita no programa televisivo *Christiane Charette en direct* [Christiane Charette ao vivo], após turnê de divulgação na França, fala por si. De início, é a vida íntima da autora que monopoliza a atenção. Mesmo quando Arcan insiste em retornar ao texto, a apresentadora replica com certa irreverência: ela não vê sentido em abordar a obra literária se a escritora não fala de sua vida. Charette se refere ao programa de Ardisson para atestar a sua decepção quanto à performance midiática de Arcan: "Por que você aceitou se abrir lá, com ele, e aqui você não faz isso?" O posicionamento de Arcan será mais uma vez rejeitado no lugar de satisfazer os interesses que se dirigem a ela: queremos uma puta que, curada pela escrita, testemunhe o seu ódio pelo mundo e por sua vida sexual. Logo após essa entrevista televisiva, um artigo publicado no jornal *Le Devoir* [*O Dever*] teria ainda apoiado a postura de Christiane Charette: "A romancista tenta constantemente trazer o debate para o plano literário. Todo mundo a condena ao seu passado de puta. Dureza! Dureza! Mas *it's the game*, como dizem" Em meio a essa verdadeira confusão, Nelly Arcan navega da melhor maneira possível e tenta desviar o discurso de sua vida íntima. Mas ela falha: a violência das mídias a domina.

Se as palavras de Arcan se tornaram inaudíveis, foi porque os grunhidos ao seu redor eram ensurdecedores. É chegada a hora de reconhecermos em Arcan aquilo que as mídias lhe recusaram, mas que ela nunca deixou de reivindicar: "Quero que me escutem, que me vejam, como escritora" (*Voir*).

*

Longe de ser um defeito, o estatuto de ex-trabalhadora do sexo é, ao lado do estilo forte e singular de Arcan, uma das forças de sua obra. É ele o responsável por forjar a novidade da perspectiva, a originalidade da voz. Na literatura, a figura da prostituta, exceto por alguns poucos exemplos, havia sido até então caracterizada pelos homens. Ora, aquilo que distingue o lugar de fala de Arcan dos discursos do passado é justamente a posição que ela ocupa, seu *standpoint*: trata-se de uma estudante de literatura – portanto, de uma intelectual – que também pratica o trabalho do sexo. Trata-se de uma configuração subjetiva inédita.

A partir dessa posição particular, Arcan se entrega a uma etnologia autorreflexiva em torno das relações entre homens e mulheres para revelar *como as mulheres são fabricadas* por meio dos dispositivos amorosos e da prostituição, apresentados como dois polos de um mesmo *continuum*. Sua escrita trabalha com a distância, isto é, a narradora nunca expõe a representação literal de suas experiências: trata-se de uma puta que fala, escreve, mas não relata. Ao contrário de muitos testemunhos, *Puta* não detalha nem a cena, nem os atores principais ou coadjuvantes. Arcan, no máximo, atém-se aos detalhes de cada cena para analisar sem julgamentos os corpos que ela despersonaliza, conservando neles apenas sua simbologia sexual. Ao escrever à distância, ao desviar o intelecto dos afetos, a autora faz a economia da representação – a economia do espetáculo, poderíamos dizer. Com isso, ela recusa completamente a fatalidade aristotélica – *as coisas são como são e não há nada a ser feito* – e se coloca ao lado do distanciamento brechtiano, convidando-nos a ver o mundo não como ele é, mas como ele foi feito. Foi Bourdieu quem afirmou o seguinte: "o que o mundo social fez, o mundo social pode, munido deste saber, desfazer". Quando Arcan escancara para nós o mundo que fizemos e do qual participamos, ela cria um mal-estar ao mesmo tempo que nos convida a desfazer os arranjos deletérios descritos e criticados.

Assim, a autora nos chama para vislumbrar o caráter distópico das formas pelas quais organizamos as relações sociais entre dois grupos, o dos machos e o das fêmeas, divisão que, operada a partir de corpos, dita as posições impostas a cada um e a cada uma: "meu pai é como meus clientes e meus clientes são como meu pai, minha mãe é como eu e eu sou como minha mãe". O universo descrito por Arcan é distópico, pois dessa divisão resulta um sistema desigual que repousa sobre a arbitrariedade das associações simbólicas e dos valores que atribuímos a cada um dos sexos e que faz com que o corpo das mulheres lhes constitua-se como um erro. Tal sistema desemboca numa fatalidade trágica, recordada cotidianamente pelos grandes jornais quando relatam estupros e assassinatos de mulheres: a saber, a distopia, que não é percebida enquanto tal porque, como escreveu John Stuart Mill, "tudo o que é habitual parece natural".

Contudo não há nada de natural nessas divisões sexuais que alienam meninas e mulheres conforme os desejos dos homens e, a partir disso, só as valorizam quando elas jogam o jogo do capital erótico do qual cada uma é nutrida, alimentada por meio de uma metanarrativa romântica que conduz à confusão entre ilusão amorosa, servidão voluntária e subordinação. Nesse sentido, Arcan traz à tona uma luta política, pois ela também mostra que o investimento excessivo no capital erótico não garante o aumento do valor, sempre decretado pelos homens que detêm o poder de "outorgar o estatuto de direito ao seu apetite de lobo", ao passo que as mulheres se encontram "inesgotavelmente alienadas quanto àquilo que elas acreditam dever ser".

Muitas são pessoas que ainda percebem Arcan como uma boneca, ao passo que ela própria, de maneira cirúrgica, encara criticamente a fabricação de bonecas pela cultura. E se a figura da boneca corresponde, de fato, ao modelo que preside o devir--mulher, então é justamente isto que Arcan denuncia por meio de uma experiência verdadeiramente encarnada, a partir de sua subjetividade: é a própria smurfette, tal como a protagonista de

Puta se designa repetidas vezes, aquela à altura para nos instruir quanto à condição de smurfette.

*

E é justamente ela, a boneca, a dominada, a smurfette, remodelada pelas necessidades da máquina midiática, que é encontrada em Nelly Arcan. Submeter Arcan a seu corpo, a sua "feminilidade" ou à evocação de seu trabalho de prostituta são algumas maneiras de negar sua legitimidade como escritora. As especificidades do "caso Arcan" não devem, porém, fazer-nos ver a autora de *Puta* como um caso isolado. Pelo contrário, a recepção de seu texto parece típica das injunções contraditórias com as quais as vozes dominadas são obrigadas a negociar.

A partir da recepção de *Puta*, Arcan é constantemente submetida à esfera do íntimo, tradicionalmente ligada à categoria ultrapassada da "literatura feminina" e à prática de escrita que seria necessariamente privada e isenta do posicionamento sobre os problemas sociais. Não obstante, a escritora caminha no limite entre a realidade da ficção e a autobiografia da autoficção. Esta é a ambiguidade fundamental da qual a imprensa rapidamente se apoderou: *Puta* é, antes de tudo, examinada à luz da "verdade" da experiência, sempre colocando o texto literário em conflito com as representações dominantes para, em seguida, contradizê-lo ou demonstrar sua dissonância em relação ao "factual". Aliás, o questionamento acerca da fala dominada – mesmo quando ela se estabelece na ficção – não está reservado somente a *Puta*. Antes de Arcan, houve Annie Ernaux, acusada de miserabilismo. Depois de Arcan, houve a família de Édouard Louis, convidada pelos jornalistas a negar o caráter autobiográfico do romance do escritor. Na onda da apresentação de escritores e escritoras nas mídias audiovisuais as mais variadas (*talk-shows*, programas de todos os tipos), é certo que as participações de Nelly Arcan na televisão reforçaram o peso da imagem na recepção de sua literatura. Além disso, elas nos permitem observar que as lógicas que governaram a primeira recepção de *Puta* estavam tomadas pelos problemas próprios da circulação transnacional dos textos literários.

A estranheza em relação à *Puta* é intensificada ainda pela comum evocação do fato de que Arcan não era francesa, mas quebequense. Ora, a literatura quebequense, no momento do lançamento de *Puta*, praticamente inexistia nas prateleiras das livrarias francesas, tal como acontece com a maior parte da literatura de expressão francesa publicada fora da França. O mercado do livro francês, mesmo reivindicando periodicamente seu pertencimento a um espaço francófono, opõe as fronteiras entre o caráter transnacional da literatura francesa e a literatura de expressão francesa. Ademais, o desenvolvimento do selo "literatura francófona", entre os anos 1970 e 2000, passa sobretudo pela importação, na França, de uma literatura produzida nas antigas colônias e nos departamentos ou territórios ultramarinos, e também pela reflexão pós-colonial. Diante desse quadro, sobra pouco espaço para a literatura quebequense. Mesmo no Canadá, ela é tomada por uma relação de força interna com a literatura anglófona, que, de forma paradoxal, dada a mediação dos Estados Unidos e dos legítimos circuitos de tradução, muitas vezes chega mais rapidamente na França. As marginalidades de Arcan, desse ponto de vista, se multiplicam e se embaraçam. Desprezada na França por ser quebequense – recordemo-nos das considerações zombeteiras de Ardisson sobre seu sotaque –, simultaneamente ela desperta a curiosidade como canadense. Além disso, mesmo em escala transnacional, o campo literário tem instâncias de validação relativamente estáveis: ainda que Paris não fosse mais no início dos anos 2000, segundo as palavras de Pascale Casanova, o "meridiano de Greenwich literário", tal como fora meio século antes, ainda assim Paris permanece um polo forte para a literatura de expressão francesa. Dito de outra forma, publicar em Paris quando se escreve em francês continua a ser mais rentável do que publicar em Montreal ou em Bruxelas. Assim, a publicação de *Puta* pela editora Seuil também deve ser compreendida como uma forma de consagração literária de Arcan. Ora, é precisamente da tensão entre consagração e ilegitimidade que se fabrica a marginalidade de *Puta* – e, para além dela, a da própria Nelly Arcan.

*

E o que falar, hoje, de *Puta*? Em primeiro lugar, é preciso dizer que o livro não envelheceu, diferentemente dos corpos mortais que ele abundantemente aborda. Depois, as relações entre homens e mulheres, a tirania da beleza e as redes familiares conturbadas são de uma atualidade fulgurante. Por fim, sua escrita sinuosa, com voltas e repetições, fascina.

No fundo, *Puta* é uma obra literária de grande beleza, mas não necessariamente um romance: Arcan substitui a evolução, ou a resolução, ou a sequência de um enredo, por uma longa queixa, uma ampla denúncia, uma profunda viagem interior. Os gemidos são reveladores de um sofrimento morosamente gradativo, mas sem complacência com a dor. A ficção é profundamente marcada por traços ensaísticos – ensaio no duplo sentido, como *texto reflexivo* e como *tentativa* (de compreender, de dizer). Os livros de Arcan são escritos literários em sua plenitude, são gritos, crises, ao passo que os aforismos, o alto grau de abstração, a vontade de cruzar certas palavras e certos enigmas, tudo isso os aproxima da filosofia. Manter-se onde se sangra, se corta, se queima ou se supura, onde a ferida está aberta e a dor é aguda, voltar-se incessantemente a uma escuridão ou a uma certa clareza, suportar até a última gota, como quem bebe um remédio amargo: eis o feito de Nelly Arcan.

Algumas feministas rejeitam abertamente a obra arcaniana, suas obsessões demasiado femininas: a necessidade de agradar, a dor da falta de amor, o medo de envelhecer, a vergonha por nunca ser como se deve. Como vincular a um movimento social dinâmico e calcado na transformação uma voz tão fatalista, uma voz semiescandalosa, semirresignada, tão dolorosamente convencida de que as mulheres vivem e morrem pela beleza, inseridas numa ordem social imutável? Se associamos "feminismo" com "mobilização", "laço" e "combate", então Arcan não tem nada de estritamente feminista. E, no entanto, toda a sua reflexão se volta à feminilidade imposta, às suas exigências desmesuradas, a seu poder destruidor. Quanto mais ela insiste em dizer que nada nunca mudará para as mulheres, mais precisamos escutá-la e assim nos perguntar como podemos sair deste impasse.

O mundo descrito em *Puta* – aquele de pais que se regozijam ao pagarem pelas filhas dos outros, de mães "larvas" que envelhecem antes da hora, de jovens mulheres devoradas pela necessidade de agradar – é extremo, e este mundo é também o nosso. Amargo diagnóstico da sociedade: o feminino extremo, segundo Arcan, afasta os homens e as mulheres uns dos outros e os coloca em uma dependência tal que um verdadeiro encontro somente pode despontar de um choque de órgãos ou de um jogo de máscaras. As identidades demasiado fixas – um feminino e um masculino rigidamente definidos e rigorosamente opostos – constrangem, ferem, matam.

O "caso Arcan" é, ao mesmo tempo, uma fábula e uma advertência. As obsessões da autora entram em ressonância com as grandes questões sociais: por que a tirania da beleza ainda aprisiona algumas mulheres, apesar de seus diplomas, de seu sucesso profissional ou de seus triunfos literários? Como a família pode se tornar outra coisa em vez de uma escola precoce para a alienação? Existem outros pontos de proximidade entre os homens e as mulheres além de um pobre "não encontro" sexual, além de uma triste transação comercial? Arcan parece ter sido morta pela necessidade de ser bela, pela impossibilidade de ser muito bela, talvez também pelos primeiros sinais do envelhecimento que assustam particularmente aquelas que vivem no mundo das aparências. Pensamento desolador: ela precisa morrer para que esqueçamos dessa bela mulher, embora demasiado artificial, e para que enfim voltemos nossa atenção a seus livros. Pode ser que ela deve tenha acendido a luz negra que nela existia para não fazer sombra à sua obra. Viva, Arcan perturbou demais, seja como uma pessoa exageradamente bela, exageradamente feia ou exageradamente nua. O espelho do feminino que ela nos concedeu ampliou tais traços a ponto de torná-los insustentáveis. Pouco mais de dez anos após sua morte, podemos finalmente descobri-la ou redescobri-la como a importante escritora que ela foi desde o início, mas que o rumor midiático soterrou. Seu corpo e sua imagem não formam mais uma tela entre nós e suas palavras. Palavras sérias que precisamos ler e sobre as quais precisamos meditar. São certamente romances de um gênero estranho, mas belos e brutos como diamantes.

Dados Internacionais de Catalogação na
Publicação (CIP) de acordo com ISBD
Elaborado por Odilio Hilario Moreira Junior - CRB-8/9949

A668p   Arcan, Nelly

Puta / Nelly Arcan; traduzido por Cassiana Stephan.
São Paulo: Crocodilo; São Paulo: N-1 edições, 2021.
162 p. ; 13cm x 20,5cm. Tradução de: Putain.

Inclui índice.
ISBN: 978-65-88301-06-7 (crocodilo)
ISBN: 978-65-86941-50- 0 (n-1 edições)

1. Literatura canadense. 2. Ficção. I. Stephan, Cassiana. II. Título.

2021-3278   CDD 819 CDU 821(71)

Índices para catálogo sistemático:
1. Literatura canadense 819 / 2. Literatura canadense 821(71)

crocodilo edições

coordenação editorial
Clara Barzaghi
Marina B Laurentiis

tradução
Cassiana Stephan

revisão crítica
Priscila Piazentini Vieira

preparação
Dimitri Arantes
Juliana Bitelli

revisão
Flavio Taam
Pedro Taam

projeto gráfico
Laura Nakel

crocodilo.site
ig: @crocodilo.edicoes
fb: @crocodilo.site

n-1 edições

coordenação editorial
Peter Pál Pelbart
Ricardo Muniz Fernandes

direção de arte
Ricardo Muniz Fernandes

assistente editorial
Inês Mendonça

n-1edicoes.org
ig: @n.1edicoes
fb: @n.1edicoes

Puta: © Éditions du Seuil, 2001 et 2019
pour la postface critique

n-1 isbn: 978-65-86941-50-0
crocodilo isbn: 978-65-88301-06-7

Este livro foi composto com
os tipos Rotis Semisans e BluuNext.
Impresso em papel Pólen Soft 80g.